答えは風のなか

重松 清
絵・ミロコマチコ

朝日出版社

もくじ

いいヤツ

席替《せきが》え初日《しょにち》、ぼくは隣《となり》の席になった中村《なかむら》くんに「いいヤツ」と呼《よ》ばれた。中村くんがシャープペンシルの芯《しん》がなくなって困《こま》っていたので自分の芯を一本分けてあげたら、「サンキュー！　助かった！」と大喜《おおよろこ》びして、「伊藤《いとう》って、意外といいヤツなんだな」と言ってくれたのだ。

ぼくもうれしかった。

中村くんとは五年生で初《はじ》めて同じクラスになった。もっとも、ぼくは中村くんのことを三年生や四年生の頃《ころ》から知っていた。スポーツ万能《ばんのう》でいつも元気な中村くんは、三年生の夏、地元のJリーグチームのジュニア・セレクションに合格《ごうかく》した。ウチの小学校では初めての快挙《かいきょ》だった。

仲良《なかよ》くなりたいと思っていた。でも、中村くんはいつもたくさんの友だちに囲《かこ》まれて、サッカーや野球やバスケの話で盛《も》り上がっている。スポーツの苦手なぼくは、なかなか話しかけられない。四月、五月と仲良くなるチャンスはなかった。それが、席《せき》替《が》えのおかげで一気に——しかも、感謝《かんしゃ》されて、いいヤツだとほめてもらったのだ。

「芯《しん》、明日返すから」

「ううん、いいよ、そんなの」

ほめてもらったお礼のつもりだった。でも、中村くんは「だって悪いじゃん、返すよ、ちゃんと」と言った。そういうところも中村くんってカッコいいなあ、とぼくはますますうれしくなった。

だから、次の日に登校した中村くんが「おっす」と挨拶《あいさつ》しただけでシャープペンシルの話をしなかったときも、ぼくのほうからはなにも言いださなかった。うっかり忘《わす》れてしまったのだろう。そういうのはよくあることだし、ぼくは最初《さいしょ》から芯《しん》を返してもらわなくてもいいと思っていたのだから。

次に中村くんに「いいヤツ」と呼《よ》ばれたのは、その三日後だった。サッカーの練習が忙《いそが》しかったせいで、中村くんは算数の宿題を忘《わす》れてしまった。授業《じゅぎょう》が始まる直前になってそれに気づき、「伊藤《いとう》、ごめん、宿題見せて！」と両手を合わせてぼくを拝《おが》んだ。席《せき》の離《はな》れた友だちに頼《たの》む余裕《よゆう》がなかったのだろう。しかたない。緊急事態《きんきゅうじたい》だ。ノートを渡《わた》すと、「サンキュー、ほんと、おまえっていいヤツ」と言って、また拝んでくれたのだ。

ところが、書き写しが終わらないうちに先生が教室に入ってきた。ぼくたちの席《せき》は教壇《きょうだん》のすぐ前なので、ノートを返してもらったらばれてしまうかもしれない。書き写しをしているのも見つかったら大変《たいへん》だ。

中村くんのことが心配になって、横目でそっと確《たし》かめると、思わず声をあげそうになった。中村くんは、ぼくのノートを自分のノートに重ねて広げていたのだ。まるで自分の持ち物のように。まるで、自分がやった宿題のように。

ぼくはしかたなく、社会科のノートを机《つくえ》に出した。宿題を当てられたらどうしよう。どきどきしながら授業《じゅぎょう》を受けた。運良《うんよ》く当てられることはなかったけど、チャイムが鳴るまで怖《こわ》くて怖くて、先生の話はちっとも頭に入らなかった。

「うわー、ビビったなあ」

中村くんは授業《じゅぎょう》が終わると、笑《わら》いながらノートを返してくれた。「あそこで返したら、絶対《ぜったい》にばれて、伊藤《いとう》も怒《おこ》られてたよな。ヤバいヤバい」

ぼくも？　そうなの？　怒《おこ》られるのは中村くんだけだと思っていた。ぼくも悪いことは悪いかもしれないけど、どっちかと言うと被害者《ひがいしゃ》っぽいし……中村くんは、もし先生に見つかったら、ぼくのことをかばってくれるつもりはなかったのかな……。

休み時間になると、中村くんの席《せき》にはいつも友だちが集まってくる。つまり、それは、ぼくの席のそばにみんながいるということだ。席替《が》えして最初《さいしょ》のうちは、自分がじゃまになりそうな気がして、トイレに行くふりをして席を離《はな》れていた。

でも、シャープペンシルの芯《しん》や算数の宿題のことで、中村くんはすっかりぼくを気に入った。「伊藤《いとう》って、すごく親切でいいヤツなんだよ」とみんなにも言って、席《せき》を立とうとするぼくを「いいよ、座《すわ》ってろよ」とおしゃべりの仲間《なかま》に加《くわ》え、何度もぼくに話を振《ふ》ってくる。スポーツの話題にはなかなかついていけなくても、「伊藤はどう思う?」と訊《き》いてくれるだけでもうれしい。みんなも、中村くんが「いいヤツ」と言ってくれたおかげで、ぼくのことを見直したみたいだ。

席替《せきが》えから一週間もすると、友だちがいっぺんに増《ふ》えた。みんなの呼《よ》び方も「伊《い》藤《とう》」から「イトちん」になった。ウチのクラスは毎月席替えをする。七月にはまた中村くんと席が離《はな》れてしまうだろう。寂《さび》しいけど、中村くん以外《いがい》にも気の合いそうなヤツは何人もいるし、みんなぼくを「いいヤツ」だと呼んでくれる。

席替《せきが》え十日目のこと。

「マジにイトちんっていいヤツ!」

掃除《そうじ》当番の班《はん》が一緒《いっしょ》の山本《やまもと》くんが、みんなの前で昨日《きのう》の出来事を話した。

廊下《ろうか》の掃除中《そうじちゅう》に急におなかが痛《いた》くなった山本くんが「ごめん、ちょっと待ってて」とトイレに行っている間に、ぼくは山本くんのぶんもぞうきんがけをして、掃除を終えた。戻《もど》って来た山本くんは大感激《だいかんげき》して、「このご恩《おん》は一生忘《わす》れません！」とまで言ったのだ。

話を聞いた中村くんたちも「泣《な》けるー」「感動するー」「教科書に載《の》るよ、絶対《ぜったい》」と口々にぼくをほめてくれた。照《て》れくさかったけど、やっぱりうれしい。

誰《だれ》かがボソッと言った。

「ヤマ、ほんとは仮病《けびょう》でサボったんじゃねえの？」

冗談《じょうだん》っぽい言い方だった。山本くんはすぐに「バーカ、なに言ってんだよ」と笑《わら》って打ち消したし、みんなもおかしそうに笑っていた。ぼくも笑った。そんなのありえない、ありえない、ありえないって。

次の日、日直でコンビを組んだ竹内《たけうち》くんが、昼休みにぼくを廊下《ろうか》に呼《よ》び出して「悪い！」と頼《たの》みごとをしてきた。

「今日、母ちゃんが風邪《かぜ》ひいてるんだ。だから、放課後《ほうかご》はダッシュでウチに帰らなきゃいけないんだ。学級日誌《にっし》とか黒板消しの掃除《そうじ》とか、イトちんにお願《ねが》いしていい？いいよな？」

「うん、まあ、いいけど……」

「やった！　さすが、いいヤツ！」

お母さんのことは朝からわかっているはずなのに、なんで昼休みに急に言うんだろう。給食《きゅうしょく》のとき、竹内くんたちは駄菓子《だがし》屋さんに遊びに行く話で盛《も》り上がっていたけど、それとは関係《かんけい》ない……よね？

竹内くんはすぐにぼくの前から走り去った。お礼の言葉、言ってもらわなかったような気がするけど、それって、うれしすぎて忘《わす》れてしまった……んだよね？

朝ごはんのとき、ぼくのウチでは時計代わりにテレビでNHKのニュースを流している。

その日の朝の特集《とくしゅう》は、オレオレ詐欺《さぎ》について。息子になりすました犯人《はんにん》にお金をだまし取られてしまった被害者《ひがいしゃ》のお年寄《としよ》りは、別《べつ》の詐欺にもひっかかってしまうことが多いのだという。詐欺グループは、被害者の住所や名前を別のグループと交換《こうかん》して、その人をまただましてやろうと狙《ねら》うらしい。

「悪いヤツらにだまされる人は、みんなお人好《ひとよ》しなんだよなあ。だから、嘘《うそ》が見抜《みぬ》けないんだ」

お父さんは被害者《ひがいしゃ》に同情《どうじょう》しながらも、「気の毒《どく》だけど、自分で自分を守るしかないんだよな」と言った。

お母さんは「あなただって同じじゃない」とお父さんを軽くにらむ。「なんだかんだ言って、お人好《ひとよ》しすぎるから、すぐにいろんな仕事を押《お》しつけられちゃって。体をこわしても知らないわよ」――ここのところ残業続《ざんぎょうつづ》きで帰りが遅《おそ》いのを心配しているのだ。

「ねえ、お父さん」

ぼくはトーストをかじりながら言った。

「お人好《ひとよ》しって、どんな人のこと？」

お父さんは「うーん、そうだなあ」と少し考えてから答えてくれた。

「優《やさ》しくて、親切なんだけど、なんて言えばいいかなあ……オレオレ詐欺《さぎ》みたいに悪いヤツにだまされたり、ずうずうしいヤツに利用《りよう》されちゃったりするんだよ」

「じゃあ、ダメな人ってこと？」

優《やさ》しいのも親切なのも、その人の長所になるはずなのに。

「いや、まあ、ダメっていうわけでもないんだけど……損《そん》しちゃうことはあるかなあ」

「どんな損《そん》をするの？」

「だから、相手が困《こま》ってるから助けてあげようと思ってがんばるんだけど、ほんとうは相手は困ってなくて、面倒《めんどう》くさいから助けてほしいだけだったりすると、結局苦労《けっきょくくろう》して助けてあげても、向こうは全然感謝《ぜんぜんかんしゃ》しなくて、むしろ、うまく使ってやった、なんて思うだけだったりして……」

どきん、とした。

席替《せきが》えして二週間がたった。ちょうど折《お》り返し点だ。いまの席ですごすのも、あと半月ということになる。

竹内くんの日直の仕事を引き受けた頃《ころ》から、友だちにしょっちゅう頼《たの》みごとをされるようになった。

一つひとつはたいしたことじゃない。順番待《じゅんばんま》ちをしていたトイレで「おしっこ漏《も》れそうだから、先に行かせて」と言われたり、ゴミを捨《す》てに行こうとしたら「ついでにこれもいい?」と自分のゴミを渡《わた》されたり、理科の授業《じゅぎょう》で班《はん》に分かれて実験《じっけん》をするとき、マッチが怖《こわ》いという橋本《はしもと》くんの代わりにアルコールランプに火を点《つ》けてあげたり……その程度《ていど》の頼《たの》みごとだ。すぐに引き受けられるし、べつに苦労《くろう》するわけでもないし、あとでみんなに「さすがイトちん」「おまえ、ほんとにいいヤツだよな」「サイコー」とほめられると、もちろん、悪い気はしない。

でも、そういうのが毎日、しかも一日に何度も続《つづ》くと、さすがに「ちょっとなあ」

「なんだかなあ」と言いたくもなってしまう。

「利用《りよう》されちゃうんだ、お人好《ひとよ》しは」

お父さんの言葉に、今度は胸《むね》がきゅっとすぼまった。

「ダメだとかイヤだとか、はっきり言えばいいんだけど、それができないんだよ」

「……なんで？」

「優《やさ》しいし、親切なんだけど、ちょっと意志《いし》が弱いのかもなあ」

「はい、そこまで」――お母さんが苦笑《くしょう》交《ま》じりに話を止めた。「朝から、そんな話をしなくていいんじゃない？　もう七時半を回ってるわよ」

いけない。ニュースも、もう特集《とくしゅう》が終わってお天気コーナーに切り替《か》わっていた。

「ユウちゃんも急がなきゃ。四十五分に出るんでしょ」

「うん……」

「なんだ、今朝《けさ》は早いんだな」とお父さんが言うと、ぼくの代わりにお母さんが「ウサギのエサやり」と答えた。「ピンチヒッターなんだって」

中村くんに頼《たの》まれたのだ。ほんとうは今朝《けさ》の当番は中村くんだったけど、サッカーのジュニアチームで朝練があって、登校が遅刻《ちこく》すれすれになるというので、昨日《きのう》の帰りぎわに「悪い、順番《じゅんばん》代わって！」と両手で拝《おが》まれた。

えーっ、めんどくさいなあ、と最初《さいしょ》は思った。いろんな学校から選手《せんしゅ》が集まるジュニアチームが、ほんとうに平日の朝に練習をするんだろうか、というのも気になった。でも、中村くんは「代わってくれるだろ、イトちんっていいヤツだもん、見捨《みす》てたりしないだろ？　な？」と決めてかかっていた。

「じゃあ、オレのときにはナカちゃんが代わってくれる？」

「代わる代わる、死んでも代わる、地球が滅亡《めつぼう》しても代わるから」

中村くんは笑《わら》って言って、ぼくがきちんと返事をする前に「じゃあ明日、頼《たの》んだからなー！」とダッシュして教室を出てしまった。

しかたない。やるしかない。ふだんより十五分ほど早く出るだけだし、どうせ来週にはぼくの当番が回ってくるから、そこで中村くんに代わってもらえばいいんだし。

お父さんは、ピンチヒッターの話をくわしくは尋《たず》ねずに、「友だちに頼《たよ》られるっていうのは、いいことだよ」と言った。

「頼《たよ》られる」と「頼《たの》まれる」って、どう違《ちが》うんだろう。ふと思った。

でも、お母さんは「あなたとユウちゃん、親子で似《に》てるところがあるから心配よ」と笑《わら》って言って、「頼《たよ》りにされるんだったらいいんだけど」と続《つづ》けた。

「頼《たよ》られる」と「頼《たの》まれる」と「頼《たよ》りにされる」も、どう違《ちが》うんだろう。信頼《しんらい》の

「頼」だから、ぜんぶ、いい意味だと思うんだけど。
残《のこ》りのトーストを頬張《ほおば》ったぼくに、お父さんは言った。
「でも、イヤなときはイヤって言わなきゃだめだぞ」
ちょっとだけ、真剣《しんけん》な顔をしていた。

ウサギのエサやりを終えて教室に入ると、遅刻《ちこく》ぎりぎりになるはずの中村くんは自分の席《せき》にいて、いつものように友だちとおしゃべりしていた。

ぼくに気づくと、「おーっす」とふだんどおりに挨拶《あいさつ》をして、「ウサギ当番、サンキュー」と言った。

「……ナカちゃん、朝練は？」

「うん？」

「サッカーの朝練、なかったの？」

「ああ、あれな、そうなんだよ、ゆうべ中止が決まって、なくなっちゃったんだ」

唖然《あぜん》とするぼくに、中村くんは「悪い悪い、電話しようと思ったんだけど、もう遅《おそ》かったから」と両手を合わせて謝《あやま》った。

それだけだった。中村くんはすぐに友だちとのおしゃべりに戻《もど》って、もうぼくのほうを振《ふ》り向きもしなかった。

翌週《よくしゅう》のウサギ当番の前日に、中村くんに念《ねん》のためにひと声かけた。

「ナカちゃん、明日だからね」

「え？」

きょとんとした顔になった。「なにかあったっけ？」

「……ウサギ当番」

「って、なに？」

「だから……このまえナカちゃんの代わりにやったから、オレのときにはナカちゃんがやる、って……おぼえてない？」

中村くんは「そんなこと言ったっけ、オレ」と首をかしげて、続《つづ》けた。「どっちにしても、明日はオレ、朝練があるから無理《むり》」

ちょっと待ってよ、約束《やくそく》守ってよ、と言いたかった。でも、言えない。代わりに口にしたのは、笑《わら》いながらの「えーっ、マジ?」という一言――これでも必死《ひっし》にがんばったつもりなんだけど。

六月の下旬《げじゅん》、お父さんが入院をした。

風邪気味《かざぎみ》だったのに会社を休めず、無理《むり》を続《つづ》けていたら、微熱《びねつ》と睡眠不足《すいみんぶそく》のせいで階段《かいだん》の一番上の段から足を踏《ふ》みはずした。ゴロゴロゴロッと踊《おど》り場まで転げ落ちて、右脚《みぎあし》のスネを骨折《こっせつ》してしまったのだ。

病院に駆《か》けつけたお母さんは、泣《な》きながら怒《おこ》っていた。お父さんにたくさん仕事をやらせていた会社にも、それに文句《もんく》を言わなかったお父さんにも。

お父さんはお人好《ひとよ》しだから、イヤだと言えずに、仕事をたくさん背負《せお》ってしまった。

みんなに頼《たの》まれて――?

みんなに頼《たよ》られて――?

みんなに頼《たよ》りにされて――?

三つとも同じなのか、全然違《ぜんぜんちが》うのか、ぼくにはやっぱり、まだよくわからない。

でも、三日間の入院中、お父さんの病室には会社の人がたくさんお見舞《みま》いに来てくれた。偉《えら》い人よりも、一緒《いっしょ》に仕事をしている若手《わかて》の社員のほうが多かった。お母さんはそのことを、当のお父さんがびっくりするぐらい喜《よろこ》んでいた。

お父さんが退院《たいいん》した翌日《よくじつ》、竹内くんがぼくの席《せき》に来て「イトちんにちょっとお願《ねが》いがあるんだけど」と言った。

明日のウサギ当番を代わってほしい――。

「オレ、いままで言わなかったんだけど、アレルギーがあるんだよ。ウサギの毛にさわるとポツポツが出ちゃうの。いつも困《こま》ってたんだけど、ナカちゃんが、イトちんってウサギが好《す》きみたいって教えてくれたから」

ねっナカちゃん、と竹内くんに声をかけられた中村くんは、自分には関係ない、という顔で遠くを見ていた。

「イトちん、いい？　いいよな？」

ウサギのアレルギーがあるなんて、聞いたことがない。もしほんとうだとしても、それを相談するのはぼくじゃなくて――。

「先生に訊《き》いてみる」とぼくは言った。

「え？」

「当番を代わっていいかどうか、先生に訊《き》いてからにする」

クラス担任《たんにん》の白石《しらいし》先生に話して、先生が「いいわよ」と言ってくれたら、交代する。

「えーっ、なんでだよ、先生なんて関係《かんけい》ない関係ない関係ないって……」

竹内くんは早口に言った。そのあわて方で、ほんとうのことがわかった。

「関係《かんけい》あるよ、クラスの当番なんだから」

椅子《いす》を引いて立ち上がろうとしたら、竹内くんは「やめろよ」と通せんぼした。

「先生に言いつけるとか、ひきょうだろ」

「……じゃあ、先生には訊《き》かないけど、当番は代わらないから」

声が震《ふる》えた。目もそらした。でも、きっぱりと言った、つもりだ。

「頼《たの》むって、イトちん、お願《ねが》いっ」

「イヤだ」

「なんでだよ」

「代わりたくないから」

「こんなに頼《たの》んでるのに？」

「やらない」

だんだん落ち着いてきた。最後《さいご》は「ぜーったいに、イヤ」と念《ねん》も押《お》した。

竹内くんは「マジかよ……」と、中村くんに助けを求《もと》めた。

「ナカちゃん、なんとかしてくれよ」

中村くんはそっぽを向いたまま、「やだよ」と言った。「おまえの負け、決定」

竹内くんは中村くんには逆《さか》らえない。代わりにぼくをにらんで「もういいよ」と憎々《にくにく》しげに言った。「ほんとは全然《ぜんぜん》いいヤツじゃなかったんだな、伊藤《いとう》って」

自分の席《せき》にダッシュで戻《もど》っていく竹内くんを追いかける気にはならなかった。でも、あとで仕返しされるかもしれない。

「気にするなよ」

中村くんが、まるでぼくの心を見抜《みぬ》いたように言った。「だいじょうぶだよ、あいつが嘘《うそ》ついたのが悪いんだから」

竹内くんではなく、ぼくの味方になってくれた。でも、あまりうれしい気持ちにはなれなかった。心の中で、ぼくは言った。じゃあ訊《き》くけど、このまえのナカちゃんは、ほんとうに嘘《うそ》をついてないんだよね？　信《しん》じていいよね？　心の中だけで訊いた質問《しつもん》に、答えなんて返ってくるはずがなかった。

中村くんの言っていたとおり、その後も竹内くんはべつに仕返しをしてくるようなことはなかった。中村くんとぼくが隣同士《となりどうし》というのも大きいのかもしれない。竹内くんから、なにかを頼《たの》まれることはなくなった。竹内くんにとって、ぼくはもう「いいヤツ」ではなくなったのだろう。

ほっとした。

でも、なんとなくさびしい気持ちも、ないわけではなかった。

六月三十日、お父さんはひさしぶりに会社に行った。入院と自宅《じたく》で休んでいたのを合わせると一週間ぶりの出社になる。

石川《いしかわ》さんという若手《わかて》の男性《だんせい》社員が、自家用車で会社との送り迎《むか》えをしてくれることになった。石川さんは自分から「オレ、やりますよ」と手を挙《あ》げたらしい。「いつもお世話になってる伊藤《いとう》さんに恩返《おんがえ》しです」とも言っていたんだと――お父さんはゆうべ、うれしそうに教えてくれた。

もちろん、会社の中では松葉杖《まつばづえ》をつかなくては歩けない。ぼくと一緒《いっしょ》に外まで見送りに出たお母さんは「だいじょうぶ?」と心配そうだったけど、お父さんは「平気平気」と笑《わら》って、迎《むか》えに来てくれた石川さんに「おはよう!　わざわざ悪かったな」と元気に声をかけて、慣《な》れない松葉杖をついて歩きだした。

その背中《せなか》を眺《なが》めながら、お母さんは「たのもしいね、仕事のときのお父さんって」とぼくに言った。たのもしい。漢字で書くと「頼《たの》もしい」だっけ。ここにもまた「頼」という字が登場していた。

お父さんを見送ったあと、ぼくも学校に向かった。今日は七月の席替《せきが》えのクジ引きがある。中村くんと隣同士《となりどうし》ですごす最後《さいご》の一日だ。

「ユウちゃん、今日は寄《よ》り道なしよ」

出がけにお母さんに言われて「わかってるって」とうなずいた。お父さんは復帰初《ふっきしょ》日《にち》なので、今日は早めに帰ってくる。でも、お母さんはパートタイムの仕事がある日なので、夕方まで帰れない。松葉杖《まつばづえ》のお父さん一人きりだと不便《ふべん》なので、ぼくがいろいろお手伝《てつだ》いすることになっているのだ。

お父さんは「いいっていいって、ユウは友だちと遊んでろよ」と言ってくれたけど、ぼくだって少しは活躍《かつやく》したい。

いつもお世話になってるお父さんに恩返《おんがえ》し――って、ちょっと違《ちが》うかな。

席替《せきが》えのクジ引きは、教室の全部の席に番号を付《つ》けて、自分の引いたカードの番号と合わせる、という仕組みだった。

「来月も隣《となり》だったらいいな」

クジ引きを始める前、中村くんが小声で言った。「前とか後ろとか、あと斜《なな》めでもいいけど」

そう言ってもらえるのは、やっぱりうれしい。でも、自分では気づかなかったけど、ぼくはうれしくなさそうな顔になったようだ。

「え？　なんで？」と中村くんは意外そうに言った。「隣《となり》になりたくないの？」

そんなことない——いつもならあわてて打ち消すところなのに、口をついて出た言葉は自分でも思いがけないものだった。

「ナカちゃんは、なんでオレと隣《となり》になりたいの？」

一瞬《いっしゅん》きょとんとした中村くんは、あははっ、と笑《わら》って言った。

「だって、イトちんって、サイコーにいいヤツだもん。ずっと隣同士《となりどうし》でいたいよ」

そんなのあたりまえだろ、という笑顔《えがお》だった。ぼくも「サンキュー」と言った。今度は笑顔になっていた、と思う。

でも、ほんとうは、中村くんには別《べつ》の言葉を言ってほしかった。

友だちだから——。

そう言ってくれたら、ぼくは素直《すなお》に笑《わら》えていただろうか。同じだっただろうか。いいヤツと友だちの違《ちが》いって、なんだろう。違いなんてないんだろうか、ちゃんとあるんだろうか。

うーん、うーん……と考えているうちに、クジを引く順番《じゅんばん》が回ってきた。

ぼくは〈12〉だった。窓《まど》から三列目の、前から二番目だ。中村くんは〈34〉だった。一番廊下側《ろうかがわ》の列の、後ろから二番目。

「あーあ、残念《ざんねん》、遠くなっちゃったなあ」

中村くんは悔《くや》しそうに言って、ふと思いだしたように「あ、そうだそうだ」とぼくの耳に顔を寄《よ》せてきた。

「あのさ、イトちん、今日の日直オレなんだけど、放課後《ほうかご》の仕事だけ、代わりにやってくれない？　どうしてもやらなきゃいけない用事があるんだ」

すぐには返事ができなかった。

すると、中村くんは「最後《さいご》なんだから、頼《たの》むって、なっ？」と両手でぼくを拝《おが》んだ。

ぼくは、えへへっ、と笑《わら》う。

泣《な》きたいような気持ちでもう一度笑《わら》ってから、ゆっくりと、小さな声で――。

おばあちゃんのメモ

その年の冬、おばあちゃんはずっと元気がなかった。

「長生きしすぎたのかねえ……」

ぽつりとつぶやいて、肩《かた》ががっくりと落ちてしまいそうなほど深いため息をつく。

でも、長生きをしすぎたなんて言うには、おばあちゃんはまだ若《わか》い。七十七歳《さい》。現《げん》役《えき》で仕事をしている人はたくさんいるし、リタイアしたあとのシニアライフを楽しく過《す》ごしている人は、もっとたくさんいる。おばあちゃんだって、ほんの二、三年前――わたしが小学校の低学年《ていがくねん》だった頃《ころ》は、市民《しみん》プールにわたしを連《つ》れて行って、一緒《いっしょ》に泳いでくれていたのに。

お父さんもお母さんも心配していた。

ウチのお父さんは三人きょうだいの末《すえ》っ子で、上はお姉さん二人。長女のお姉さんが大学生の頃《ころ》に、父親――つまりわたしにとってはおじいちゃんが亡《な》くなった。お父さんはまだ中学生だった。

そこからおばあちゃんは女手一つで子どもたちを育てあげた。すごい。たくさん苦《く》労《ろう》してきたはずなのに、子どもの前では弱音を一言も口にしなかった。ほんとうにすごい。

歳《とし》をとって二世帯住宅《にせたいじゅうたく》で同居《どうきょ》するようになってからも、自分のことは自分でやるし、なにをやらせてもてきぱきしている。しっかり者で、我慢《がまん》強くて、そのぶん言葉がキツいところもあるみたいで、お母さんはたまにお父さんにグチっているけど、わたしにはいつも優《やさ》しい。

そんなおばあちゃんが、「ミドリちゃんがオトナになるまで元気でいたかったけど、難《むずか》しいかもねえ……」なんて不吉《ふきつ》なことを言って、涙《なみだ》ぐんでしまうようになったのだ。

「おふくろも、去年の夏からいろいろあったから、それで一気に老《ふ》け込《こ》んだのかもな」

お父さんの言う「いろいろ」とは、こんなこと――。

暑い日の夕方に庭仕事をしていたら熱中症《ねっちゅうしょう》になって、救急車《きゅうきゅうしゃ》で病院に運ばれた。お母さんがたまたま台所から庭を見て、しゃがみ込《こ》んだおばあちゃんの様子がおかしいことに気づいたのだ。

入院は三日ですんだけど、おばあちゃんは脱水症状《だっすいしょうじょう》を自覚《じかく》できなかったことにずいぶんショックを受けていた。

しかも、病院で検査《けんさ》をしたときに、熱中症《ねっちゅうしょう》とは無関係《むかんけい》のところで、病気がいくつも見つかった。内視鏡《ないしきょう》で大腸《だいちょう》のポリープを取ったり、心臓《しんぞう》にカテーテルを入れたり……と秋のうちに二度も入院をして、さらに高血圧《こうけつあつ》や糖尿《とうにょう》の治療《ちりょう》も始まった。

負けず嫌《ぎら》いのおばあちゃんは、病院通いのために「体力をつけなきゃ」と言ってウォーキングに励《はげ》んだ。ところが、それで足をくじいてしまい、お医者さんから運動を制限《せいげん》されるはめになった。

出歩くことができなくなると、足腰《あしこし》も弱るし、免疫力《めんえきりょく》も落ちる。この冬は何度も風邪《かぜ》をひいて寝込《ねこ》んでしまった。そのたびに体が小さくなっていく。風邪が治《なお》っても食欲《しょくよく》がなかなか戻《もど》らない。夜の寝付きも悪くなったというし、テレビのCS放送で大《だい》好《す》きな昭和《しょうわ》のホームドラマをつけても、ちっとも面白くないらしく、すぐに切ってしまう。

痩《や》せてしまったせいで顔の皺《しわ》が深くなり、数も増《ふ》えた。目尻《めじり》や目頭《がしら》に黄色いヤニが溜《た》まるようになって、眼科《がんか》への通院も加《くわ》わった。老化《ろうか》して目の機能《きのう》が衰《おとろ》えているらしい。あと二、三年で手術《しゅじゅつ》が必要《ひつよう》になりそうだとお医者さんに言われて、さらに落ち込《こ》んでしまう。

「だいじょうぶだ、春になって暖《あたた》かくなれば、また元気になるって」

お父さんはそう言っておばあちゃんを励《はげ》ましていた。お母さんとわたしも、そうそう、ほんとほんとほんと、とうなずいた。

春はおばあちゃんの大好《だいす》きな季節《きせつ》だ。ぽかぽかと暖《あたた》かくなり、日が長くなって、いろんな花が咲《さ》くと、それだけでゴキゲンになる、という。特《とく》に桜《さくら》がお気に入りだった。近所の城山《しろやま》公園に家族で出かけてお花見をするのは、我《わ》が家の恒例行事《こうれいぎょうじ》になっていて、お弁当《べんとう》の主役はおばあちゃんがつくる巻《ま》き寿司《ずし》なのだ。

早く春が来るといいのに。おばあちゃんが元気になるといいのに。大きな太巻《ふとま》きの中にお花のような細巻きがいくつも入った特製《とくせい》巻き寿司《ずし》、今年もたくさん食べたい。

いつもの年以上《いじょう》に春を待ちわびていた。わたしも、両親も、そして誰《だれ》よりもおばあちゃん自身が。

でも、その年の春は――。

覚《おぼ》えているかな。

恐《こわ》いウイルスが世界中に広がって、たくさんの人が亡《な》くなった年――もう、ずいぶん昔になった年の、我《わ》が家の小さな出来事だ。

おばあちゃんはテレビの画面をじっと見つめていた。泣《な》きだしそうに顔がゆがむ。震《ふる》える声でつぶやいている。最初《さいしょ》はよく聞き取れなかったけど、耳をすますと、わかった。

「ひどいねえ……ひどいねえ……なんでこんなことになったのよ……」

テレビの画面には、外国のニュースが映《うつ》し出されていた。

病院の光景《こうけい》だった。ベッドがぎっしり並《なら》んだ広い病室で、お医者さんや看護師《かんごし》さんたちが治療《ちりょう》している。お医者さんと看護師さんは白い防護服姿《ぼうごふくすがた》で、ベッドに横たわる患者《かんじゃ》さんは人工呼吸器《じんこうこきゅうき》を付《つ》けていた。外国の言葉でアナウンサーがしゃべっている。重々しい口調だ。すぐに通訳《つうやく》の声が聞こえた。

――この病院では一日に五十人を超《こ》える患者《かんじゃ》が運び込《こ》まれ、連日《れんじつ》十人以上《いじょう》が亡《な》くなっています――

テレビの横には、このまえ押《お》し入れから出したばかりのおひなさまが飾《かざ》ってある。去年までと変《か》わらないすまし顔のおひなさまに、わたしは心の中で声をかけた。

ねえねえ、おひなさまは知らないと思うけど、いま世界は大変《たいへん》なんだよ、滅亡《めつぼう》の危機《き》なんだよ……。

画面は、別《べつ》の外国の映像《えいぞう》に切り替《か》わる。住民《じゅうみん》の外出が禁止《きんし》されて、人影《ひとかげ》が消えてしまった街《まち》の風景《ふうけい》だった。透明《とうめい》のフェイスシールドをつけた警察官《けいさつかん》が無人《むじん》の街をパトロールしている。ネットフリックスで観《み》たSF映画《えいが》のワンシーンみたいだけど――すべて、現実《げんじつ》。

治療薬《ちりょうやく》もワクチンもない新しいウイルスが世界中に広がっていた。

十万人近い人たちがウイルスに感染《かんせん》して、病院に運び込《こ》まれた。症状《しょうじょう》が悪化して肺炎《はいえん》を起こし、呼吸困難《こきゅうこんなん》に陥《おちい》ったすえに亡《な》くなった人も、もう三千人を超《こ》えた。

海に囲《かこ》まれたわたしたちの国にも、ウイルスは入ってきてしまった。よその国ほど勢《いきお》いよく広がっているわけではなくても、じわじわと感染者《かんせんしゃ》の数が増《ふ》えてきた。これ以上《いじょう》ウイルスを広げてはいけないというので、全国の学校も休みになって、わたしの小学生最後《さいご》の日々は、友だちの誰《だれ》とも会えないまま過《す》ぎていくことになった。

画面がさらに切り替《か》わる。ウイルスで

亡《な》くなった人のお葬式《そうしき》だった。亡くなったあともウイルスは体内に残《のこ》っているので、家族ですら触《ふ》れることはできない。ガラス窓越《まどご》しにお別《わか》れをすると、遺体《いたい》はすぐに厳重《げんじゅう》に密封《みっぷう》されて棺《ひつぎ》に納《おさ》められる。亡くなったのはウチのお父さんぐらいの歳《とし》の男の人だった。マイクを向けられた奥《おく》さんは、泣《な》きながら早口にまくしたてていた。外国の言葉なので意味はわからない。でも、通訳《つうやく》の声が聞こえなくても、悲しさと悔《くや》しさは伝《つた》わった。

ふと見ると、おばあちゃんはテレビの画面に向かって手を合わせていた。「かわいそうにねえ……かわいそう、かわいそう……」とお経《きょう》を唱《とな》えるようにつぶやきながら、頭を小さく下げた。

その頃《ころ》から、おばあちゃんは目に見えて元気をなくしていったのだ。

ウイルスはどんどん広がった。

世界の感染者《かんせんしゃ》はあっという間に何十万人という数になった。重症《じゅうしょう》になった患者《かんじゃ》や亡《な》くなってしまった人も、それに合わせて急増《きゅうぞう》した。わたしたちの国でも感染者が増《ふ》えている。

なるべくウチにいるように、とニュースが何度も何度も繰《く》り返した。いろんなお店がお休みになり、街《まち》はしーんと静《しず》まりかえってしまった。

わたしは入学したばかりの中学校にまだ一日も通っていない。両親も二人ともテレワークになって、たまにどうしても会社に行かなくてはならない日は、帰宅《きたく》するとすぐにシャワーを浴《あ》びるようになった。

被害《ひがい》の大きな国では、人工呼吸器《じんこうこきゅうき》が足りなくなっている。

――救急病院《きゅうきゅう》では、高齢《こうれい》の入院患者《にゅういんかんじゃ》の使っていた人工呼吸器《じんこうこきゅうき》を取りはずして、若《わか》い患者に付《つ》け替《か》えるという事態《じたい》になっています――

外国のニュースだ。ウチの両親より少し年上の夫婦《ふうふ》のインタビューだった。二人は、九十歳《さい》を超《こ》えたお父さんから人工呼吸器《じんこうこきゅうき》をはずすことを決め、まだ幼《おさな》い子どものいる女性に付《つ》け替《か》えてあげたらしい。

――父がそれを望《のぞ》んだのです。自分はもう充分《じゅうぶん》に生きたのだから、あとは、これから生きなくてはならない人たちの邪魔《じゃま》になってはいけない、と――

人工呼吸器《じんこうこきゅうき》をはずしたお父さんは、すぐに息を引き取ってしまった。けれど、その人工呼吸器を譲《ゆず》ってもらった女性は、命の危機《きき》を脱《だっ》して、順調《じゅんちょう》に回復《かいふく》しているらしい。

――よかったです、ほんとうによかった、父も喜《よろこ》んでいるに違《ちが》いありません――

インタビューは、夫婦《ふうふ》が涙声《なみだごえ》で言う、そんな言葉で締《し》めくくられていた。

わたしには、正直言って、ピンと来なかった。マンガを読みながら、ちらちらとテレビに目をやっていただけだったし、やっぱり遠い国のお話だったから。

でも、一緒《いっしょ》に観《み》ていたおばあちゃんは、途中《とちゅう》から画面をじっと見つめて、黙《だま》り込《こ》んで、番組が終わるとわたしに言った。

「もしもおばあちゃんにウイルスがうつって具合が悪くなっても、ほっといてくれればいいからね」

「ほっとく、って？」

「人工呼吸器《じんこうこきゅうき》を使ったり、お薬を注射《ちゅうしゃ》したりしなくていいから。そんなのもったいないわよ。このままだと病院のベッドも足りなくなりそうっていうじゃない。じゃあ、これからの未来《みらい》がある若《わか》い人に譲《ゆず》ってあげなきゃ」

「でも、おばあちゃんだって未来《みらい》は――」

わたしが言いかけたのをさえぎって、「ないないない」と顔の前で手を横に振《ふ》ったおばあちゃんは、「年寄《としよ》りなんだから、もう未来《みらい》なんてないのよ」と寂《さび》しそうに笑《わら》った。

わたしたちの国では、いまはまだ、人工呼吸器《じんこうこきゅうき》や薬が足りないという話は出ていない。でも、このままだと、いつか足りなくなってしまうかもしれない。残《のこ》り一つの人工呼吸器を二人で取り合いになって、その二人がお年寄《としよ》りと子どもだったら……お年寄りのほうがわたしの知り合いで、子どものほうは赤の他人だったら……逆《ぎゃく》に、お年寄りは縁《えん》もゆかりもない人で、子どものほうが親友のユウコちゃんだったら……。

背中《せなか》がひやっとしたので、あわてて、考えるのをやめた。

おばあちゃんとのやり取りを伝《つた》えると、お父さんは「しょうがないなあ、おふくろも」とあきれ顔になった。「外に出られなくなって、よっぽどしんどいのかなあ」

お母さんもうなずいて、「去年からずっと元気がなかったところに、これだものね……」とため息をついた。

おばあちゃんだけではなく、ウイルスに感染《かんせん》してしまう不安《ふあん》に外出自粛《じしゅく》のストレスが加《くわ》わって、体や心の具合が悪くなってしまった人がたくさんいるらしい。

「お年寄《としよ》りには未来《みらい》がないっておばあちゃんは言ってたけど、そんなの違《ちが》うよね？」

「もちろんよ。あるに決まってるでしょ」

「だよね、そうだよね」

「何歳《なんさい》だろうと、未来《みらい》はちゃーんとあるの」

「だよねーっ」

お母さんの言葉で少し元気になった。

でも、そこにお父さんがよけいな一言を付《つ》け加《くわ》えてしまう。

「短いけどな」

さらに、もう一言――。

「バラ色っていうわけでもないけどな」

お母さんとわたしににらまれたお父さんは、おどけて身震《みぶる》いの真似《まね》をしたけど、すぐにまじめな顔に戻《もど》って「だって」と言った。

「お年寄《としよ》りの未来《みらい》が、子どもたちよりも短いのは確《たし》かだろ？　それに、歳《とし》を取っていくのは、楽しいことばかりじゃなくて、病気になったり、体のあっちこっちが痛《いた》くなったり、いろんなことができなくなったりして……バラ色じゃないよ、やっぱり」

お母さんは黙《だま》っていた。わたしも、なにも言えない。言い返したい気持ちはあっても、どう言えばいいかがわからない。

「だから――」

お父さんはまじめな顔のまま、続《つづ》けた。

「おふくろが人工呼吸器《じんこうこきゅうき》とかを若《わか》い人に譲《ゆず》りたいっていう気持ち、ほんのちょっとなんだけど、わからないでもないんだよなあ」

ほんのちょっとだけだぞ、と念《ねん》を押《お》して、ため息をついた。

城山《しろやま》公園の桜《さくら》はすっかり散《ち》り落ちて、葉桜《はざくら》になった。季節《きせつ》は春から初夏《しょか》に移《うつ》り変《か》わる。学校もなんとか、一日おきの授業《じゅぎょう》が始まった。でも、爽《さわ》やかな心地よさは全然《ぜんぜん》ない。

ウィルスに感染《かんせん》した人は、ついに世界中で数百万人に達《たっ》してしまった。人工呼吸器《じんこうこきゅうき》が足りない。薬も足りない。お医者さんや看護師《かんごし》さんが着る防護服《ぼうごふく》も、医療用《いりょうよう》のマスクも足りない。病院のベッドそのものも……。

目に見えないどんよりとした雲が、世界中に覆《おお》いかぶさっているみたいだ。

そんなある日、学校から帰ると、玄関《げんかん》の靴箱《くつばこ》の上におばあちゃんの財布《さいふ》があった。いつもの置《お》き場所だけど、その日は二つ折《お》りの財布が広げられていた。代金引き換《か》えの通販《つうはん》で支払《しはら》いをしたあと、そのままにしてしまったのだろう。

財布《さいふ》の内側《うちがわ》はカードポケットになっている。クレジットカードや病院の診察券《しんさつけん》で埋《う》まったポケットに、健康保険証《けんこうほけんしょう》と一緒《いっしょ》に真新しいメモが挟《はさ》んであることに気づいた。

なんだろうと覗《のぞ》き込《こ》むと、〈救急車《きゅうきゅうしゃ》の方にお願《ねが》い〉という一言が目に飛《と》び込んできて、思わずメモを広げた。

〈もしも私《わたし》が重い病気かケガで、救急《きゅうきゅう》病院に運ばれた時点で会話のできない状態《じょうたい》になっていたら、人工呼吸器《じんこうこきゅうき》や特別《とくべつ》に貴重《きちょう》なお薬は使わなくてけっこうです。未来《みらい》のある若《わか》い人たちのために使ってあげてください〉

メモの最後《さいご》には、昨日《きのう》の日付《ひづけ》と署名《しょめい》、さらにハンコまでおしてあった。

おばあちゃんは、本気なのだ。

迷《まよ》いながらも、メモを財布《さいふ》に戻《もど》した。もっと迷ったけど、両親には黙《だま》っておくことにした。もっともっと迷って、おばあちゃんの部屋の前まで行っては引き返すのを何度も繰《く》り返したあげく、なにも見なかったことにしよう、と決めた。

代わりに、いままで以上《いじょう》におばあちゃんとたくさんおしゃべりするようになった。おばあちゃんの教えてくれたことや、やってくれたことに、きちんと「ありがとう」とお礼を言って、どんなときにも「すごーい」「さすが！」とほめるのを忘《わす》れない。

「おばあちゃんの麦茶って、すごくおいしいっ」

あきれ顔で「冷蔵庫《れいぞうこ》から出してコップに入れるだけなんだから、誰《だれ》が注《つ》いでも同じでしょ」と言われても、ここで終わるわけにはいかない。

「そんなことないよ。おばあちゃんの注《つ》ぎ方って、すごくいい。サイコー。スピード感があるっていうかさ、冷《つめ》たいお茶が冷たいまんま、コップに入っていくんだよね」

かなり強引だ。

「あと、おばあちゃんって老眼鏡《ろうがんきょう》がマジ似合《にあ》うよね。シニアグラス美女って感じ」

めちゃくちゃだなあ、と自分でも思う。

でも、とにかく、自信《じしん》を取り戻《もど》してほしかった。おばあちゃん、まだまだイケてるよ、と伝《つた》えたかった。

未来《みらい》を少しでもバラ色にしたくて、孫《まご》の結婚《けっこん》の話もしてみた。おばあちゃんの孫はわたしを含《ふく》めて四人いて、わたし以外《いがい》の三人は社会人と大学生だから、そろそろ結婚も「あり」だし、ひ孫だって生まれるかもしれない。

その話題のときには、さすがにおばあちゃんも前向きになってくれた。

「そうだねえ、ほんとうに、みんなに幸せになってほしいよねえ」

しみじみとした笑顔《えがお》でうなずいた。

でも、その笑顔《えがお》のまま――。

「ミドリちゃんたちにウイルスがうつったら大変《たいへん》よ。もしも予防《よぼう》できる薬ができたら、おばあちゃんのぶんは最後《さいご》の最後でいいから、先にあんたたちが注射《ちゅうしゃ》してもらいなさいね」

そういう話じゃないんだけどなあ……。

毎日、財布《さいふ》のポケットを確《たし》かめた。メモはあいかわらず挟《はさ》んだままだった。おばあちゃんの気持ちは変《か》わっていないということだ。

一週間後、わたしはついに勝負に出た。

おばあちゃんのメモの余白《よはく》に、こんなことを書いた。

〈でも、できるだけベストをつくしてください。お願《ねが》いします。　家族一同より〉

お父さんやお母さんを巻《ま》き込《こ》んで悪かったかな。でも二人だって、きっとわたしと同じように思っているはずだ。

最初《さいしょ》は知らん顔をしてメモをポケットに戻《もど》すつもりだったけど、思い直した。メモを見た救急隊員《きゅうきゅうたいいん》やお医者さんが迷《まよ》ってしまっては申し訳《わけ》ないし、こういうのは、やっぱり正々堂々《せいせいどうどう》とやりたい。

財布《さいふ》とメモを持っておばあちゃんの部屋に向かった。

「悪いけど、これ読んで」

きょとんとするおばあちゃんに「黙《だま》って読んじゃって、ごめんなさい」と先回りして謝《あやま》ってから、メモを渡《わた》した。

おばあちゃんもメモの正体にすぐに気づいて、ハッとした。わたしの書き込《こ》みを読むと、さらに驚《おどろ》いて、顔を上げる。

目が合った。にらんでいるように見えた。

「わたしが書いたのは、正直な気持ちだから。勝手に書いたのはよくなかったけど、わたしは、本気で、そう思ってるから……」

叱《しか》られてもしかたない。覚悟《かくご》していた。

でも、おばあちゃんは叱《しか》らなかった。わたしをにらんでいたわけでもなかった。おばあちゃんはじっと見つめていたのだ。いろんな思いを込《こ》めて、わたしを。

その目が赤く潤《うる》んできた。「ありがとう」と言って、微笑《ほほえ》んでくれた。

メモを丁寧《ていねい》に畳《たた》んだ。財布《さいふ》に入れてあったときよりもさらに小さく、何度も折《お》り畳んで、最後《さいご》は小指の爪《つめ》ぐらいになったメモを手のひらに載《の》せて、おばあちゃんは言った。

「ミドリちゃん、ありがとう。おばあちゃん、とってもうれしかったよ」

お礼を言われて、わたしもうれしい。でも、なぜか急に悲しくもなってきた。

「このメモは、もう捨《す》てるね」

「……いいの？」

「うん、いい」

微笑《ほほえ》んでうなずいたあと、おばあちゃんは「でもね」と続《つづ》けた。

「もしも、ミドリちゃんとおばあちゃんが同じ病気になって、大切なお薬が残《のこ》り一つしかなかったら、おばあちゃんは絶対《ぜったい》に、ミドリちゃんに渡《わた》す」

「えーっ？　そんなの……」

「いいの、そうしなきゃだめなの。おばあちゃんは、もう年寄《としよ》りなんだから」

「でも、お年寄《としよ》りは大切にしなさいって、学校でも……」

「若《わか》い人のほうが大切だし、子どものほうがもっと大切。そんなの決まってるでしょ。いい？　絶対《ぜったい》に、絶対に、そうするから」

笑顔《えがお》でしゃべっていて、声も優《やさ》しいのに、わたしはどんどん悲しくなってきた。ほんとうに叱《しか》られているときよりも、いまのほうがずっと悲しい。

わたしはうつむいて、つぶやくように言った。

「……そんなの、『もしも』の話だから、言われたって知らない……わかんない……」

自分の声を自分で聞くと、涙《なみだ》が出そうになった。

おばあちゃんも、それでやっと我《われ》に返ったように話を止めた。

「ごめんごめん、ヘンなこと言っちゃって」

あわてて謝《あやま》って、「もう、この話はこれでおしまい、はい、やーめた」と笑《わら》って、メモをゴミ箱にぽとんと落とした。

おばあちゃんは言葉どおり、その日も、次の日からも――ずっと、何ヶ月も、何年も、「もしも」の話を蒸《む》し返すことはなかった。

わたしも話の続《つづ》きを尋《たず》ねたり自分から切り出したりはしなかった。しゃべってしまうと、それがほんとうに起きてしまいそうな気がして、なんとなく、口にするのが怖《こわ》かった。

だから、おばあちゃんがなぜあのとき「もしも」の話をしたのか、わからずじまい――おばあちゃんはもう天国に行ってしまったから、答えは永遠《えいえん》にわからない。

ただ、おばあちゃんは「もしも」の話をしてわたしを泣《な》かせた次の日、晩《ばん》ごはんに、巻《ま》き寿司《ずし》をつくってくれた。お母さんに、自分から「明日の晩ごはんはひさしぶりに任《まか》せてちょうだい」と言ったのだ。

「今年はお花見できなかったけど、年に一度は特製巻《とくせいま》き寿司《ずし》を食べなきゃね」

おばあちゃんご自慢《じまん》の巻《ま》き寿司《ずし》は、やっぱりおいしい。お父さんやお母さんも「ひと味違《ちが》うんだよなあ」「お酢《す》のかげんがちょうどいいのよね」と口々にほめながら、いくつもお代わりしていた。

おばあちゃんは、そんなわたしたちを見て、「にこにこ」という音が聞こえてきそうなほどうれしそうに笑《わら》っていたっけ。


世界中の人びとを苦しめたウイルスは、大流行した二年後にワクチンや治療薬《ちりょうやく》ができたおかげで、怖《こわ》がりすぎなくてもいい存在《そんざい》になった。

いまはインフルエンザと同じように、ワクチンの予防接種《よぼうせっしゅ》をして、たとえ感染《かんせん》しても重症化《じゅうしょうか》しないように気をつけていればだいじょうぶ。「あの年は大変《たいへん》だったよね」と苦笑交《くしょうま》じりに思い出を話せるようにもなった。なにしろ、もう十五年もたっているんだし。

今年も、流行期の冬を前にクリニックで予防接種《よぼうせっしゅ》をすませた。

予防接種《よぼうせっしゅ》の帰り道は、いつもおばあちゃんのことを思いだす。

わたしたちの国では、幸いなことに、大流行した年も人工呼吸器《じんこうこきゅうき》や医薬品はなんとか必要《ひつよう》な分が行き渡《わた》った。

でも、もしも足りなくなっていたら——。

おばあちゃんがウイルスに感染《かんせん》して、あのメモをお医者さんが見たら——。

おばあちゃんが亡《な》くなったあとも、そのことをよく考える。

もしお医者さんが「どうします？　おばあさんの希望《きぼう》どおりにしますか？」と両親やわたしに訊《き》いたら、両親はどう答えただろう。

そして、わたしは……。


おばあちゃんは五年前、八十七歳《さい》で亡《な》くなった。特別《とくべつ》に貴重《きちょう》な薬や医療機器《いりょうきき》のお世話になることなく最期《さいご》は眠《ねむ》るように息を引き取った。

「天寿《てんじゅ》をまっとうできて、よかった」とお母さんは言っていた。わたしもそう思う。

おばあちゃんのメモのことは、本人が亡《な》くなってから両親に話した。お父さんは「おふくろらしいよな……」とつぶやいて、少し目を赤くした。

お父さんやお母さんなら、どうする？　すごく歳《とし》を取ってから、あのウイルスみたいな恐《こわ》い病気が流行《はや》って、人工呼吸器《じんこうこきゅうき》や薬が足りなくなったら、おばあちゃんと同じメモを書く――？

冗談《じょうだん》っぽく一度訊《き》いてみようかな、と思いながらも、やっぱり訊けずにいる。

「ねーっ、そんなの無理《むり》だよねーっ」

わたしは半年前に産《う》まれたばかりの赤ちゃんを抱《だ》っこして言った。女の子だ。ハルナちゃん。おばあちゃんと会わせてあげたかった。

今度の春には、家族揃《そろ》って城山公園《しろやまこうえん》に出かけるつもりだ。ハルナにとっては初《はじ》めてのお花見になる。「ひいおばあちゃん直伝《じきでん》の特製《とくせい》巻《ま》き寿司《ずし》、つくってあげるね」と、お母さんはいまから張《は》り切っている。

ふるさとツアー

スタートは小学校の正門前だった。

カズキが約束《やくそく》の朝八時の五分前に着くと、すでにタカシもユウスケも来ていた。

二人とも張《は》り切っている。いいぞ、さすがオレたち、とカズキもうれしくなった。

でも、だからこそ、ちょっと寂《さび》しい。

「じゃあ、ユウちゃん、隊長《たいちょう》やれよ」

カズキが言うと、タカシも「今日はずーっとユウちゃんが隊長《たいちょう》な」と続《つづ》けた。

最初《さいしょ》はびっくりしていたユウスケだったが、二人の気持ちはちゃんと伝《つた》わって、

「サンキュー」と照《て》れくさそうに言った。

そして、手を大きく振《ふ》って前を指差《ゆびさ》すと、高らかに――。

「しゅっぱーつ！」

カズキとタカシは「おーっ！」と声をそろえてこたえた。

ユウスケを先頭に、三台の自転車が走りだす。いつもは、先頭を走る隊長《たいちょう》は、タイミングを見て順番《じゅんばん》につとめる。でも、今日は違《ちが》う。ユウスケは自転車を漕《こ》ぐのがあまり速くないが、カズキとタカシはペダルを漕ぐ力を調整して、ときどきブレーキもかけながら、決して追い抜《ぬ》かない。

今日は特別《とくべつ》――。

今日で、お別《わか》れ――。

仲良《なかよ》しのユウスケは明日、この街《まち》から遠い街へと引っ越《こ》してしまう。

＊

カズキのふるさとは、しょっちゅうテレビや新聞に登場している。

人口は二万人ほどで、県内に十ある市の中で八番目か九番目。海と山はすぐそばにあっても、特《とく》に景色《けしき》がきれいなわけではないし、大きな海水浴場《かいすいよくじょう》やスキー場もない。温泉《おんせん》も出ない。人気のＢ級グルメもない。ついでに言えば、有名人の出身地というわけでもない。

なのに、取材記者《しゅざいきしゃ》やロケのチームが入れ替《か》わり立ち替わり訪《おとず》れる。小学六年生のカズキがものごころついた頃《ころ》からずっと――おととし、四年生に進級してからは、テレビカメラを目にする機会《きかい》がさらに増《ふ》えていた。

ただし、カメラの前に立つタレントはいない。旅行やグルメの番組ではなく、ニュースのロケなのだ。リポーターはテレビ局の記者やアナウンサーで、笑顔《えがお》はほとんどない。

つい最近《さいきん》、六月にオンエアされたニュースの特集《とくしゅう》コーナーもそうだった。

ナポリタン
ハンバーグ

若《わか》い男性《だんせい》アナウンサーがアーケードの商店街《しょうてんがい》を歩いて、「かつてのにぎわいは、いまはもう、どこにもありません」とリポートした。カメラが映《うつ》す商店街は、三軒《げん》に一軒《けん》はシャッターが下りていて、建物《たてもの》が取り壊《こわ》されて更地《さらち》になった店舗跡《てんぽあと》も多かった。

アナウンサーは商店街《しょうてんがい》の食堂《しょくどう》を訪《たず》ねた。中で待っていたのはタカシのおじいちゃんだった。タカシのウチは、ひいおじいちゃんの代から食堂を営《いとな》んでいる。おじいちゃんは、商店街の役員も長年務《つと》めているので、こういうロケではしょっちゅうインタビューされるのだ。

「時代の流れといえば、それまでなんだけど……さみしいよね、やっぱり……うん、さみしい、ほんとうにさみしいよ……」

いまの商店街《しょうてんがい》をどう思うかのコメントの中で、おじいちゃんは三度も「さみしい」を繰《く》り返した。その肩越《かたご》しに、壁《かべ》に掛《か》かった昔の写真が見える。「昭和《しょうわ》」の半ば頃《ごろ》、いまの五倍の人口がいた時代の、アーケードの下を買い物客が埋《う》め尽《つ》くしている写真だった。

インタビューの話題が変《か》わった。

すっかりさびれてしまった商店街《しょうてんがい》が再《ふたた》び活気を取り戻《もど》すきっかけになるかもしれない、『お城《しろ》』のことについて――。

「そりゃあ、期待してるよ」

声に力がこもった。

「ここでなんとかしてもらわないと、ほんとうに、この街《まち》は終わっちゃうよ。昔と同じように、とまではいかなくても、せめて……ウチの孫《まご》は小学六年生なんだけど、あの子がおとなになったときに、ちゃんと勤《つと》めるところがあって、生活が不便《ふべん》じゃなくて、一生暮《く》らしていけるような、そういうふるさとにしておかないと」

アナウンサーは相槌《あいづち》を打ったあと、「しかし、一方で、街《まち》にはこんな声もあります」と、『お城《しろ》』に反対する意見を紹介《しょうかい》した。

するとおじいちゃんはしかめっつらになって、まくしたてるように言った。

「じゃあどうすればいいんだ。この十年で人口が五千人も減《へ》って、これからも減る一方で、このままだと確実《かくじつ》に街《まち》はなくなるんだぞ」

口調が強くなって、怒《いか》りが交じる。

「若《わか》い人がみんな出て行って、空き家だらけになって、田んぼや畑も草ボウボウになって、住んでるのは年寄《としよ》りだけで……最後《さいご》の最後は廃墟《はいきょ》だ。それでいいのか？」

アナウンサーの返事はなく、そのままコーナーは終わってしまった。

あの日、テレビを観《み》ていたカズキは、食卓《しょくたく》を囲《かこ》んでいる両親の様子をそっとうかがった。

お父さんはムスッとしていた。予想どおりだ。お母さんは不意《ふい》に「ねえねえ、今夜の唐揚《からあ》げ、どう？　粉《こな》を変《か》えてみたんだけど」と言った。これも予想どおり。ニュースで『お城《しろ》』の話題が出ると、お父さんはたちまち機嫌《きげん》が悪くなり、お母さんはあわてて別《べつ》の話題を探《さが》すのだ。

お父さんは唐揚《からあ》げの話には応《こた》えず、「なんにもわかってないんだ」とボソッと言った。

誰《だれ》が――？　なにを――？

訊《き》かなくてもわかる。だからカズキは黙《だま》ってごはんを食べる。

「最後《さいご》の最後は廃墟《はいきょ》、って……なに言ってるんだ、事故一発《じこいっぱつ》で廃墟だろうが……」

お父さんは、タカシのおじいちゃんと仲《なか》が悪い。もともとは幼《おさな》なじみの仲良《よ》しだったタカシのお父さんとも、もう長い間絶交《ぜっこう》したままだった。

十年前、『お城《しろ》』を建《た》てる候補地《こうほち》の一つにこの街《まち》が選《えら》ばれてからずっと、街の人びとは賛成《さんせい》か反対かで真っ二つに分かれてしまった。

オセロゲームにたとえるなら、賛成《さんせい》の人は「白」、反対の人は「黒」――タカシのウチは「白」で、カズキのウチは「黒」だった。

＊

『お城《しろ》』というのは、もちろん、正しい呼《よ》び方ではない。正体は、エネルギーをつくるときにできてしまうゴミを処理《しょり》する施設《しせつ》だ。

建設《けんせつ》予定地の候補《こうほ》になったとき、各世帯《かくせたい》に配られた説明《せつめい》のパンフレットに描《えが》かれていた施設《しせつ》のイラストが、当時世界中で大ヒットしていたSF映画《えいが》に登場する未来《みらい》のお城《しろ》に似《に》ていたので、誰《だれ》からともなく、そう呼《よ》ぶようになったのだ。

ゴミには、とても危険《きけん》な毒《どく》が含《ふく》まれている。万が一、大量《たいりょう》の毒が外に漏《も》れてしまうと、半径《はんけい》何百キロもの範囲《はんい》に影響《えいきょう》がおよぶ。研究者の計算によると、亡《な》くなる人は最《さい》低《てい》でも数万人、健康《けんこう》に深刻《しんこく》な被害《ひがい》を受ける人が数十万人、さらに毒に汚染《おせん》された土地には百年以上《いじょう》にわたって人が住めなくなってしまう、という。

オセロの「黒」は、「事故《じこ》が起きたら取り返しがつかない」という理由で反対した。

一方、「白」は、「安全対策《たいさく》には万全を期しているし、『お城《しろ》』ができたら、街《まち》がにぎわいを取り戻《もど》せる」という理由で賛成《さんせい》した。

「黒」は訴《うった》える。「事故《じこ》が起きたら、ふるさとは誰《だれ》も住めなくなってしまうぞ」

「白」は反論《はんろん》する。「なにもしなければ、このまま人口が減《へ》りつづけて、どっちにしてもふるさとには誰《だれ》もいなくなってしまうんだ」

「黒」は言う。「われわれは国の安全対策《たいさく》を信《しん》じない」

「白」は言う。「われわれは国の安全対策《たいさく》を信《しん》じる」

「黒」は言う。「子どもや孫《まご》のためにも、反対だ」

「白」は言う。「子どもや孫《まご》のためにも、賛成《さんせい》だ」

何年にもおよぶ激《はげ》しい攻防《こうぼう》が続《つづ》いたオセロに決着がついたのは、二年前のことだった。

ほんのわずかの差《さ》で、「白」が勝った。

＊

小学校を出発したカズキたちは、まず最初《さいしょ》に港を目指した。

「この道を通るのって、一年ぶりだよ」

自転車を漕《こ》ぎながら、タカシが言った。

「オレもそうだよ、ぴったり一年」

カズキがうなずくと、先頭のユウスケが振《ふ》り向いて「日付《ひづけ》も同じだよ」と言った。

「七月三十一日だったんだ、去年も」

去年の夏休みの宿題で、三人は班《はん》をつくって調べ学習をした。

街《まち》を自転車で一周《いっしゅう》して、ユウスケがお父さんから借《か》りたデジタルカメラでいろいろな場所の写真を撮《と》った。

テーマは『ふるさとツアー』——学校の図書室で郷土史《きょうどし》の本を読み、昔の面影《おもかげ》が残《のこ》っている場所を訪《たず》ねてアルバムをつくった。

今日の三人は、ユウスケとのお別《わか》れで、一年ぶりのツアーをする。

最初《さいしょ》は港、次に駅前の商店街《しょうてんがい》、さらに内陸部《ないりくぶ》の工業団地《だんち》に回って、ゴールは希望《きぼう》ケ《が》丘《おか》公園。名前どおり芝生《しばふ》の丘《おか》につくられた公園からは、遠くに『お城《しろ》』が見える。そこでお昼を食べて解散《かいさん》する予定だった。

港へは、国道を東に進んで、途中《とちゅう》の交差点《こうさてん》で県道に入る。

もうすぐ、その交差点《こうさてん》に差《さ》しかかる。

県道は国道に比《くら》べると歩道が狭《せま》く、舗装《ほそう》も悪くて小さなデコボコだらけだった。しかも路肩《ろかた》に雑草《ざっそう》が生《お》い茂《しげ》っているせいで幅《はば》がいっそう狭《せば》まって、走りづらくてしかたなかった。

去年は「縦《たて》に並《なら》べば平気だよ」とタカシが言いだして車道を走っていたら、後ろから走ってきたトラックに大きなクラクションを鳴らされて、怖《こわ》い思いをしたものだった。

カズキは自転車を漕《こ》ぎながら去年のことを思いだして、あーあ、またあの県道かあ、やだなあ、と心の中でぼやいた。

すると、先頭のユウスケが、交差点《こうさてん》を曲がったとたん「あれーっ？」とかん高い声を上げて、自転車を停《と》めた。

「どうしたの？」

「なんか、雰囲気《ふんいき》、変《か》わってる……」

県道の舗装《ほそう》が新しくなっていた。センターラインも塗《ぬ》り直されて、くっきりと、まっすぐ延《の》びている。錆《さび》だらけだったガードレールも新しいパイプ型《がた》のものに取り替《か》えられて、路肩《ろかた》の雑草《ざっそう》もきれいに刈《か》り取ってある。

「すごいなあ、こんな田舎《いなか》の道まで新しくしてくれるとは思わなかった」

タカシが驚《おどろ》いて言った。「駅前とか市役所のまわりの道はもう全部きれいになったから、次は県道をきれいにするのかなあ」

「そうかも……」

カズキの声は微妙《びみょう》に沈《しず》んだ。

一方、さっそく自転車を漕《こ》いでみたタカシは「へえーっ」と声をはずませた。「段《だん》差《さ》も全然《ぜんぜん》なくなってるし、すごく走りやすくなってる！」

確《たし》かに走りだすと、自転車はすいすいと滑《すべ》るように進んでいく。ペダルは軽いのに、スピードがよく出る。これなら、あっという間に、しかも楽に港まで着くだろう。

ユウスケを先頭に県道を進みながら、タカシはカズキに話しかけた。

「やっぱり『お城《しろ》』ができるってすごいよな、ほんと、全部生まれ変《か》わっちゃうよ」

カズキは黙《だま》って、少しだけ笑《わら》い返した。


タカシの言うとおり、『お城《しろ》』の建設《けんせつ》が決まってから、市内の道路はどんどんきれいになった。

舗装《ほそう》をやり直したり、道幅《みちはば》を広げたり、街灯《がいとう》や横断《おうだん》歩道《ほどう》を増《ふ》やしたり……。街《まち》のメインストリートになる市役所通りは、もっと大がかりな工事がおこなわれ、ポプラ並《なみ》木《き》の中央分離帯《ちゅうおうぶんりたい》までできた。

『お城《しろ》』のおかげ、らしい。

市内に七つある小中学校のすべての教室にエアコンがついたのも、地域《ちいき》で一番大きな総合《そうごう》病院ができたのも、市内に住んでいる人に赤ちゃんが生まれたら二十万円のお祝《いわ》い金がもらえるのも、すべて——。

『お城《しろ》』のある街《まち》は、国から毎年たくさんのお金が支払《しはら》われるのだという。大きな災《さい》害《がい》が起きたときも最優先《さいゆうせん》で助けてもらえるし、万が一どこかの国と戦争《せんそう》になったときにも真っ先に守ってもらえる、というウワサだ。

でも、どんなにお金をかけて街《まち》をきれいにしても、にぎわいは戻《もど》ってこない。住民《じゅうみん》サービスや医療体制《いりょうたいせい》もどんどん良《よ》くなっているはずなのに、人口は減《へ》りつづけ、地元の老舗《しにせ》は毎年何軒《なんけん》も店を畳《たた》んでいく。

「あんなものがある街《まち》に、誰《だれ》が好《す》きこのんで引っ越《こ》してくるんだよ」

お父さんは吐《は》き捨《す》てるように言う。

街《まち》がきれいになっても人口が増《ふ》えず、にぎわいも戻《もど》ってこないのは、すべて——。『お城《しろ》』のせい、らしい。

＊

港に着いた三人は、去年の夏に写真を撮《と》った場所を探《さが》した。

まず、がらんとした倉庫《そうこ》地区——。

県道は倉庫《そうこ》が建《た》ち並《なら》ぶ地区の手前で行き止まりになって、そこからは倉庫と倉庫の間を縫《ぬ》うように海に向かう。

図書室にあった昔の本には、「昭和《しょうわ》」の半ば頃《ごろ》の写真が出ていた。貨物船《かもつせん》が横付《よこづ》けされた岸壁《がんぺき》と倉庫《そうこ》の間を、荷物を満載《まんさい》した何十台ものフォークリフトが行き交ってい た。

もともとこの街《まち》は海運の要所《ようしょ》として栄えていた。「明治《めいじ》」や「大正《たいしょう》」の頃《ころ》の港は、商人の泊《と》まる宿や食事をするお店が建《た》ち並《なら》んでいて、「昭和《しょうわ》」の半ば——タカシのおじいちゃんが子どもだった頃が、そのにぎわいのピークだった。

いまの倉庫《そうこ》地区は閑散《かんさん》としている。「昭和《しょうわ》」の終わり頃《ごろ》、もっと大きな街《まち》に使い勝手のいい港が整備《せいび》されたので、貨物船《かもつせん》はそっちを使うようになったのだ。船が来なければ倉庫も必要《ひつよう》ない。シャッターが閉《と》じたままの倉庫や、取り壊《こわ》されてしまった倉庫は、「平成《へいせい》」になってから増《ふ》える一方だった。

去年ここを訪《たず》ねたときには、使われなくなった倉庫《そうこ》を改装《かいそう》したカフェがあったので、そこで写真を撮《と》った。でも、今年は——。

「このへんじゃなかったかなあ」「もっと海のほうじゃなかった?」「四つ角だったよな、たしか」……と倉庫《そうこ》地区をしばらく回ったが、カフェは見つけられなかった。

お客が来ないので、つぶれてしまったのかもしれない。写真を撮《と》ったときに「暑いねー」と冷《つめ》たい水を飲ませてくれた親切な店長さんは、この街《まち》で別の仕事をしているのだろうか。それとも、どこか遠い街に引っ越《こ》してしまったのだろうか……。

港には、昔は化学工場もあった。工場でつくった化学肥料《ひりょう》は、何十両も繋《つな》がった貨《か》物《もつ》列車で全国に運ばれていた。去年は、その引き込《こ》み線の跡地《あとち》でも写真を撮《と》った。

「ここだよな」

倉庫《そうこ》の地区を抜《ぬ》けてしばらく走ったあと、ユウスケが自転車を停《と》めた。去年撮《と》ったデジカメの画像《がぞう》をディスプレイで確《たし》かめて、「だいじょうぶ、ここで間違《まちが》いない」とうなずく。

かつて踏切《ふみきり》があった場所だ。警報器《けいほうき》や遮断機《しゃだんき》は撤去《てっきょ》され、線路に立ち入らないよう、道路の両側《りょうがわ》には鉄条網《てつじょうもう》付《つ》きのフェンスが張《は》られている。去年もそうだった。

赤茶色に錆《さ》びた線路は、背《せ》の高い雑草《ざっそう》にほとんど覆《おお》い隠《かく》されていて、その先に工場の建物《たてもの》が見える。去年と変《か》わらない。

写真を撮《と》って、去年の写真と見比《みくら》べてみても、違《ちが》いはよくわからなかった。でも、実際《じっさい》に眺《なが》めたときの直感というか、印象《いんしょう》は、今年の工場や線路のほうが、去年より古びたように見える。

カズキがそう言うと、タカシは「一年たってるんだから、当然《とうぜん》だろ」と笑《わら》った。でも、ユウスケは「工場が古くなったんじゃなくて、オレらが五年生から六年生になったから、だったりして」と言った。

「じゃあ、来年ここに来たら、もっと変《か》わってる?」とカズキは訊《き》いた。

「と、思うけど」

「おとなになったら、もっと変《か》わる?」

「うん……たぶん」

ユウスケの言っていることは、わかるようでわからない。でも、わからないようで、なんとなく、わかる。

どっちにしても、もうこの線路を貨物《かもつ》列車が走ることはない。

化学工場は「平成《へいせい》」になってほどなく、カズキの両親が子どもの頃《ころ》に、親会社が操業停止《そうぎょうていし》を決めた。工場は、建物《たてもの》も土地も買い手が見つからずに、もう三十年近くも放っておかれたままで、最近《さいきん》は廃墟《はいきょ》マニアの人気スポットになっているらしい。

＊

駅前の商店街《しょうてんがい》では、タカシのおじいちゃんの食堂《しょくどう》に寄《よ》った。

おじいちゃんは昔の話にくわしいし、古い写真もたくさん持っているので、調べ学習のときにはとてもお世話になった。そのお礼とお別《わか》れの挨拶《あいさつ》をしたい、とユウスケが前もって言っていたのだ。

タカシも大賛成《だいさんせい》して、「じゃあ、じいちゃんに特製弁当《とくせいべんとう》つくってもらおうぜ！」ということになった。「入れてほしいもの、なんでも言えよ」

タカシのことを目の中に入れても痛《いた》くないほど可愛《かわい》がっているおじいちゃんは、たいがいのワガママを聞いてくれる。特製弁当《とくせいべんとう》のおかずも、一口カツに鶏《とり》の唐揚《からあ》げ、目《め》玉焼《だまや》きを乗せたハンバーグにナポリタンに卵焼《たまご》きに揚げ春巻《はるま》きにポテトサラダ……三人がリクエストしたものを全部、弁当箱《ばこ》にぎっしり詰《つ》めてくれるだろう。

カズキもお弁当《べんとう》は楽しみだったが、食堂《しょくどう》を訪《たず》ねることには微妙《びみょう》な気まずさもある。おじいちゃんは、カズキのお父さんとは犬猿《けんえん》の仲《なか》でも、カズキ本人に対しては、ふつうどおりに接《せっ》してくれる。でも、ときどき「カズキくんもタカくんも、大きくなってもこの街《まち》に残《のこ》ってくれよ。おじいちゃんたちはみんな、そのためにがんばってるんだから」と話しかけてくるのは、お父さんにも伝《つた》えておきなさい、というサインなのだろうか……。

食堂《しょくどう》を訪《たず》ねたのはお昼前だった。早めのランチタイムなのに、お客さんは誰《だれ》もいない。そもそも商店街《しょうてんがい》を歩いている人じたい少なかった。あいかわらず三軒《げん》に一軒《けん》はシャッターが下りていて、わりとにぎやかにやっているな、というお店には「閉店《へいてん》セール」の短冊《たんざく》がかかっている。

おじいちゃんはユウスケのお別《わか》れの挨拶《あいさつ》をしんみりした顔で聞いて、知り合いから最近《さいきん》もらった古い写真を見せてくれた。

「これ、ユウちゃんのお父さんの工場だ」

航空《こうくう》写真だった。山を切り拓《ひら》いて造成《ぞうせい》した工業団地《だんち》の広い土地に、十棟《とう》近い工場や倉庫《そうこ》が建《た》っている。

港の化学工場が操業《そうぎょう》を停止《ていし》したあとの街《まち》を支《ささ》えていた、大手家電メーカーの液晶《えきしょう》パネル工場だった。
隣《となり》の県の出身だったユウスケのお父さんは、この工場に就職《しゅうしょく》して引っ越《こ》してきた。
結婚《けっこん》をして、お兄ちゃんとユウスケが二歳違《さいちが》いで生まれた。いまは社宅住《しゃたくず》まいだが、
そろそろマイホームを買おうか……と話していた去年の秋に、業績不振《ぎょうせきふしん》の続《つづ》いていた
家電メーカーは工場の閉鎖《へいさ》を発表したのだ。
一千人ほどの従業員《じゅうぎょういん》は、遠い街《まち》の工場に転勤《てんきん》することになった。もともと地元の出
身だった人や、すでにマイホームを建《た》てていた人は、転勤を断《ことわ》って会社を辞《や》めたが、
ほとんどの人は街を去ることを選《えら》んだ――ユウスケのお父さんも、そう。
「残念《ざんねん》だけど、しかたないよなあ」
おじいちゃんはため息交じりに言った。「ここで仕事を探《さが》そうとしても難《むずか》しいよ
……」
実際《じっさい》、街《まち》に残《のこ》った人たちは、再就職《さいしゅうしょく》に苦労《くろう》しているらしい。
「もうちょっと早く、最初《さいしょ》の予定どおりに計画が進んでいれば、街《まち》の景気《けいき》も違《ちが》ってた
はずなんだけど、五年も遅《おく》れたわけだから」
『お城《しろ》』のこと――。
オセロの「黒」が反対運動を続《つづ》けたために工事が大幅《おおはば》に遅《おく》れた。予定どおりだった

ら『お城《しろ》』はすでに完成《かんせい》して、危険《きけん》なゴミの処理《しょり》が始まっているはずだった。

「まあいい、うん、ごめんごめん、いまのはムダ話だ。弁当《べんとう》できてるからな」

おじいちゃんはそそくさと厨房《ちゅうぼう》に向かった。カズキの前でこれ以上《いじょう》『お城《しろ》』の話をしないほうがいい、と考えたのだろう。

おじいちゃんが去年見せてくれた昔の写真には、中学時代のタカシのお父さんとカズキのお父さんが一緒《いっしょ》に写ったものもあった。野球部のユニフォーム姿《すがた》だった。市の大会で優勝《ゆうしょう》したとき、おじいちゃんがお祝《いわ》いで部員全員にカレーをごちそうしてくれたのだ。

並《なら》んでカレーを頰張《ほおば》る二人は、うれしそうに笑《わら》っていた。いかにも仲《なか》の良《よ》さそうな、くしゃくしゃの笑顔《えがお》だった。

二人があんなふうに笑《わら》う日は、いつかまた来るのだろうか。もう無理《むり》なのだろうか。

カズキはタカシをちらりと見た。

オレたちは、中学生になっても、高校生になっても、ずーっと友だちで……いたいけど……どうなんだろう……。

＊

液晶《えきしょう》パネルの工場は、正門も通用門もゲートで閉《と》ざされて、敷地内《しきちない》には入れなかった。閉鎖《へいさ》後《ご》も二十人ほどの従業員《じゅうぎょういん》が残《のこ》って、後始末《あとしまつ》や管理《かんり》をしているとのことだったが、工場は広いのでまったく人の気配がしない。

「ここ、どうなるの？　取り壊《こわ》すの？」

ゲートの前でカズキが訊《き》くと、ユウスケが写真を撮《と》りながら教えてくれた。

「いま、買い手を探《さが》してるんだって」

「でも、デカいから、けっこう大変《たいへん》じゃないの？」

「うん、そうなんだよ。三つか四つに分けて売ってるんだけど、全然《ぜんぜん》だめで……」

「どこの会社も買ってくれなかったら？」

「さあ……」

ユウスケは首をかしげるだけだったが、カズキはぼんやりと想像《そうぞう》してみた。

港の化学工場のように廃墟《はいきょ》になるのか、建物《たてもの》をぜんぶ取り壊《こわ》して、だだっ広い空き地になるのか……どっちにしても、寂《さび》しい風景《ふうけい》になってしまうことは確《たし》かだった。

「あ、でも、だいじょうぶだよ」

タカシが言った。「オレ、いいこと思いついた」

『お城《しろ》』に買ってもらえばいい――。

「だって、まだまだたくさん建《た》てなきゃいけないものがあるんだって。じゃあ、ここにすればいいよな。ちょー大金持ちなんだし、頼《たの》めば買ってくれるよ、絶対《ぜったい》に」

なんだよそれ、とカズキは苦笑《くしょう》した。

ふだんはあきれてばかりのタカシの単純《たんじゅん》でのんきな性格《せいかく》が、今日は不思議《ふしぎ》とうらやましかった。

＊

希望《きぼう》ヶ丘《がおか》公園のガーデンテーブルで、タカシのおじいちゃんの特製弁当《とくせいべんとう》を食べた。ボリューム満点《まんてん》で、味のほうもおいしい。

リクエストにはなかった肉じゃがも入っていた。昔の人気メニューだ。工場で働《はたら》く人が多かったので、砂糖《さとう》と醤油《しょうゆ》を多めにした濃《こ》い味付《あじつ》けが人気だったのだという。時代が変《か》わって薄味《うすあじ》が好まれるようになっても、おじいちゃんはガンコに、肉じゃがだけは昔どおりの味付けを続《つづ》けているのだ。

でも、その味を受け継《つ》ぐ人はいない。

タカシのお父さんは市役所に勤《つと》めている。進路を決めるときには「継《つ》ぐ、継がない」をめぐって一問着《ひともんちゃく》あったが、商店街《しょうてんがい》がさびれてきた頃《ころ》だったので、おじいちゃんも無理強《むりじ》いはできなかったらしい。

おじいちゃんはタカシにも「店は継《つ》がなくていい」と言っている。ただし、こんなふうにも続《つづ》けるのだ。「でも、せめて、ずーっとこの街《まち》にいてくれよ。ここはタカくんが生まれ育ったふるさとなんだからな」

タカシ自身はのんきに「はーい」と返事をしているが、数年後にどうなるかは、もちろん、わからない――なにより本人が、一番よくわかっていないのだろう。


カズキの両親は、カズキにも三年生の妹のシオリにも「どこに行ってもいいから」と言っている。「自分のやりたいことがあって、それがこの街《まち》にいたらできないんだったら、どんどん外に出て行けばいい」

「出て行ったきりで、もう帰ってこなくてもいいの？」

冗談《じょうだん》のつもりでカズキが訊《き》くと、お父さんもお母さんも、びっくりするほど真剣《しんけん》な顔で「自分で決めればいいから」と言った。

両親は二人とも、大学時代は東京で過《す》ごした。ほんとうは卒業後《そつぎょうご》もずっと東京に残《のこ》りたかったが、お父さんは「長男だから」、お母さんは「女の子だから」という理由で、ふるさとに帰ってきた。

後悔《こうかい》しているわけではないし、いまの暮《く》らしが幸せだと、心から思っている。

それでも、両親はカズキとシオリに、口をそろえて言う。

「自分の人生なんだから、自分の住みたい街《まち》に住めばいい」

カズキも、そうするつもりだ。


ユウスケの箸《はし》が止まっていることに気づいたカズキは、「ユウちゃん、どうしたの?」と声をかけた。

「うん……」

ユウスケは遠くを眺《なが》めたまま、「転校ってやっぱり嫌《いや》だなあ、って」と言った。「オレも嫌だけど、兄ちゃんは中学だから、いじめとか心配してるんだ」

新しい街《まち》は、ここよりずっとにぎやかで大きい。新幹線《しんかんせん》の駅もある。田舎者《いなかもの》だとバカにされるかもしれない。

「でも、しかたないよな。社宅《しゃたく》だから、工場がなくなったら、もう住めないもんな」

マイホームをもっと早く買っていたら、お父さんだけ単身赴任《たんしんふにん》した可能性《かのうせい》もある。職探《しょくさが》しは大変《たいへん》でも、この街《まち》に家族でずっと住むという選択肢《せんたくし》もあった。

「工事が終わるのって、再来年《さらいねん》だっけ」

ユウスケが指差《ゆびさ》した先には、工事中の『お城《しろ》』が見える。遠くの山なみに身を隠《かく》すように建《た》っているので、ここからだと建物《たてもの》の上のほうしか見えない。

「再来年《さらいねん》になったら、人がたくさん引っ越《こ》してきて、人手不足《ひとでぶそく》になるほどいろんな仕事も増《ふ》えるって……ほんとかなあ」

タカシがすぐさま「ほんとだよ、ほんと」と答えた。「だって、じいちゃんも父ちゃんもそう言ってるから」

ユウスケは「そっかー、やっぱりタイミング悪いよなあ」と言って、卵焼《たまごや》きを口に入れて噛《か》みながら続《つづ》けた。「工場がなくなるのが再来年《さらいねん》だったら、引っ越《こ》さずにすんだかもしれないんだもんなあ」

そうかもしれない。

そうでないのかもしれない。

「あ、でも、もしも事故《じこ》が起きたら、全員避難《ひなん》しなきゃいけないんだろ？　十年とか二十年とか、ウチに帰れなくなる、って」

タカシは「だいじょうぶだいじょうぶ、ちゃーんとやってるって」と笑《わら》い飛《と》ばした。

カズキは黙《だま》って、ペットボトルのスポーツドリンクを飲んだ。冷凍室《れいとうしつ》で凍《こお》らせたのをウチから持ってきたのだが、もうすっかり溶《と》けて、ぬるくなってしまった。

「カズキもタカくんも怖《こわ》くない？」

「ぜーんぜん」

タカシはまた笑《わら》い飛《と》ばした。

カズキは、声は出さずに頬《ほお》をゆるめた。

同じ笑顔《えがお》でもタカシとカズキは違《ちが》う。

それに気づいているのかいないのか、ユウスケは『お城《しろ》』を見つめて、「元気でな」と言った。「また遊びに来るから」

「じゃあ九月の連休《れんきゅう》に来ない？　ウチに泊《と》まればいいから」

せっかちすぎるタカシの言葉に、ユウスケはあきれて「ずっと先のことだよ」と言った。

カズキも思わず噴《ふ》き出した。タカシはいいヤツだ。ずっと友だちでいたい。でも、どうなるかはわからない。

ユウスケとも、また会いたい。でも、どうなるかはわからない。

「ずっと先って、何年？　一年？　二年？」

タカシが食い下がる。

ユウスケは面倒臭《めんどうくさ》そうに「十年」と言って、また弁当《べんとう》の続《つづ》きを食べはじめた。

十年後かあ、とカズキも弁当《べんとう》に箸《はし》を伸《の》ばす。

十年後、この街《まち》はどうなっているだろう。にぎわいを取り戻《もど》しているのか、もっとさびれてしまっているのか。人が住めなくなっているのは——『お城《しろ》』に賛成《さんせい》だろうと反対だろうと、とにかく、それだけは、絶対《ぜったい》に、なにがあっても、嫌《いや》だ。

肉じゃがを口に入れた。砂糖《さとう》と醤油《しょうゆ》の混《ま》じり合った、甘《あま》じょっぱい味が舌《した》に染《し》みる。

おいしい。

朝から自転車で走りまわったので、体が濃《こ》い味を求《もと》めているのだろう。

にぎやかだった頃《ころ》のこの街《まち》に暮《く》らしていた人たちと、まぼろしの街角《かど》ですれ違《ちが》ったような気がした。

ぼくらのマスクの夏

廊下《ろうか》に出て長電話をしていたお母さんは、話が終わると、スマホを手にリビングに戻《もど》ってきた。

「どうだった？」

戸口で待ちかまえていたぼくに、寂《さび》しそうに笑《わら》って、首を横に振《ふ》る。

「やっぱり……だめみたい」

城西《じょうさい》ドルフィンズの保護者会《ほごしゃかい》の連絡網《れんらくもう》で回ってきたニュースだった。

ぼくの住んでいる市は少年野球が盛《さか》んで、市内に二十あるチームのチャンピオンを決める大会が、春と夏と秋の年間三度も開かれている。その春の大会が、三月からずっと延期《えんき》されたすえ、六月半ばに差《さ》しかかった今日、正式に中止になったのだ。

四月頃《ごろ》から、みんな「無理《むり》だろうな」とは思っていた。五月頃には「夏の大会に集中するしかない」と気持ちも切り替《か》えていた。

だから、予想どおり……ではあったけど、はっきり「中止」と言われてしまうと、やっぱり落ち込《こ》む。

ぼくはリビングのソファーに戻《もど》って、ダイビングするように寝《ね》ころがった。六年生になって最初《さいしょ》の大会だったのに。あとはもう夏の大会しか残《のこ》っていない。

「元気出せよ、ハルヒコ」

お父さんが声をかけてきた。「残念《ざんねん》だけど、今年は特別《とくべつ》だから、しかたないって」言われなくてもわかっている。

わかっていることを言われると、スネるつもりはなくても、自然《しぜん》と口がとがってしまい、まばたきの回数が増《ふ》えてくる。

お母さんが電話の内容《ないよう》をかいつまんで教えてくれた。春の大会が中止になった一番の理由は、スケジュールの問題だった。いまからグラウンドをいくつも予約《よやく》するのは大変《たいへん》だし、八月には夏の大会もある。

「だったら、無理《むり》して春の大会をやるより、夏の大会と一緒《いっしょ》にして、その代わり、六年生にとっては最後《さいご》なんだから、夏の大会を盛《も》り上げようって話になってるのよ」

「盛《も》り上げるって?」

「いつもは一発勝負のトーナメントだけど、今年は特別《とくべつ》に予選《よせん》リーグをしよう、って。五チームずつ四組に分かれてリーグ戦《せん》をして、一位《い》と二位のチームが決勝トーナメントを戦《たたか》うわけ」

「ってことは?」

「たくさん試合《しあい》ができるの。トーナメントだと負けたら終わるけど、リーグ戦《せん》だと、予選《よせん》だけでも四試合できるでしょ」

へえーっ、とぼくは起き上がった。試合《しあい》の数が増《ふ》えれば出場する選手《せんしゅ》も増える――背《せ》番号13のぼくのような、控《ひか》えの四、五番手にとっては、試合に出られる可能性《かのうせい》がグッと広がることになる。

ちょっと元気になった。お母さんもぼくの気持ちをすぐに見抜《みぬ》いて、「ピンチヒッターの出番あるかもね」と笑《わら》った。もしもそうなったら、公式戦《こうしきせん》では初《はじ》めての打席《だせき》だ。最後《さいご》の大会でデビューというのは、六年生としてちょっと恥《は》ずかしくて悔《くや》しいけど、とにかく試合《しあい》に出られるのはうれしい。四年生で入ってからずっと練習をがんばってきたのだから。

「まあ、とにかく――」

お父さんは真剣《しんけん》な顔になった。「夏の大会までに、少しでも状況《じょうきょう》が良《よ》くなってるのを祈《いの》るしかないよな」

お母さんも微笑《ほほえ》みを消して、「せめて、このままでいてもらわないと、困《こま》っちゃうわよ、ほんとに……」とため息をついた。

ぼくもそれで、あらためて現実《げんじつ》の厳《きび》しさを噛《か》みしめた。

夏の大会が絶対《ぜったい》に開かれるとは、まだ決まったわけじゃない。春の大会のように延《えん》期《き》になったあげくに中止になる恐《おそ》れだって、意外と、けっこう、かなり、そうとう、ある。

お父さんはいきなり壁《かべ》に向かってお辞儀《じぎ》をして、柏手《かしわで》をパンパンと打った。壁《かべ》には、昔から伝《つた》わる妖怪《ようかい》の絵が貼《は》ってある。お母さんがネットで見つけてプリントアウトしたのだ。

「頼《たの》むぞ、ハルヒコの最後《さいご》の大会なんだから、なんとか頼むぞ」

お父さんは妖怪《ようかい》を拝《おが》んだ。

その妖怪《ようかい》には、悪い病気を追い払《はら》ってくれる力があるのだという。

*

いま、世界は大変《たいへん》なことになっている。

年が明けた頃《ころ》から新型《しんがた》のウイルスが世界中に広がって、何十万もの人が亡《な》くなった。命が助かっても、長い間入院して苦しんだり、重い後遺症《こういしょう》が残《のこ》ってしまったり……。

ウイルスはしゃべるときに飛《と》ぶ唾《つば》や咳《せき》やくしゃみから感染《かんせん》するので、出かけるときにはマスクが欠《か》かせない。手で触《さわ》ったものにウイルスがついていても感染する。だから建物《たてもの》や部屋の中をしょっちゅう消毒《しょうどく》して、一日に何度も手を洗《あら》わなくてはならない。

それでも感染《かんせん》は広がる一方だった。人が集まるのが一番危《あぶ》ないので、さまざまなお店が営業《えいぎょう》できなくなり、スポーツや音楽などのイベントも次々に中止になった。外出はなるべく控《ひか》えるように言われ、お父さんの会社も出勤日《しゅっきんび》が半分に減《へ》って、残《のこ》りの日は自宅《じたく》で仕事をするようになった。

ぼくたちの学校も、三学期の後半はずっと休校だった。卒業式《そつぎょうしき》も中止になり、六年生がみんなで校歌を合唱《がっしょう》して『かんげいのことば』を言うはずだった四月の入学式は、校長先生のあいさつだけになってしまった。楽しみにしていた五月の修学《しゅうがく》旅行は中止、水泳の授業《じゅぎょう》も中止、クラス対抗《たいこう》の合唱大会も中止……春休み中に郵送《ゆうそう》された年間行事予定表に×印《じるし》を書き込《こ》んでばかりだった。

六月からやっと新学期の授業《じゅぎょう》が始まった。でも、登校するのは、出席《しゅっせき》番号の偶数《ぐうすう》と奇数《きすう》に分かれて、一日おき。ぽつんぽつんと間隔《かんかく》を空けて席《せき》に座《すわ》らないと感染《かんせん》してしまうのだ。

「それってムカつくよな」

クラスで一番勉強のできるケンちゃんは、せっかく学校が再開《さいかい》したのに、すごく怒《おこ》っていた。

「だって、教室の人数を半分にして感染《かんせん》を予防《よぼう》するってのは、オレたちの中にウイル

スをうつす奴《やつ》がいるかもしれないからだろ？」

理屈《りくつ》が難《むずか》しかったのか、話を聞いていた友だちの半分はピンと来ていなかったけど、半分は「あ、そっか」という顔になった。

ぼくもその一人だ。

「でも、熱《ねつ》があったり咳《せき》が出てたりしたら休まなきゃいけないんだし、みんな具合が悪くないから学校に来てるのに、ウイルスを持ってるかもしれないって……全然《ぜんぜん》信《しん》じてないんだぞ、ひどいよ、オレたちみんな、犯人扱《はんにんあつか》いされてるんだぞ」

うなずいた人数は、さっきより減《へ》った。

「犯人《はんにん》」という言葉が大げさすぎたのかもしれない。でも、ぼくには、ケンちゃんがムカつく気持ちはよくわかった。

もともとケンちゃんとは仲良《なかよ》しだった。学校だけではなく、城西《じょうさい》ドルフィンズでもチームメイトだ。チームに入ったばかりの頃《ころ》は「中学や高校も同じ学校に行って、高校は甲子園《こうしえん》を目指そうぜ」と話していたけど、六年生になったいまは、それは無理《むり》だな、とわかっている。

ケンちゃんは背《せ》番号1のエースで、打順《だじゅん》も三番を任《まか》されていて、しかもキャプテンだけど、補欠《ほけつ》のぼくには甲子園《こうしえん》は無《む》理《り》だ。だいいち中学生になったら野球部ではなく、化学部に入るつもりだし。

進路も違《ちが》う。ケンちゃんのお父さんはワインバーを三軒《げん》も経営《けいえい》している実業家だった。ケンちゃんは、お父さんの母校でもある私立《しりつ》大学の付属校《ふぞくこう》を目指して中学受験《じゅけん》をする。ぼくは受験をしないので、地元の市立中学に進む。あと九ヶ月ほどでお別れになってしまうぼくたちだけど、このままだと、卒業《そつぎょう》までに最後《さいご》の思い出はできるんだろうか……。

その日、ウチに帰って、お母さんにケンちゃんの話をした。

すると、お母さんは困《こま》った顔で微笑《ほほえ》んで、「でも、もしも学校でみんなにウイルスがうつると大変《たいへん》だもんね」と言った。「人数を半分にするのも、みんなのためにしてることなんだから」

ぼくたちにウイルスがうつらないように、学校はいろいろ考えてくれている。でも、ぼくたちは犯人扱《はんにんあつか》いもされている。

「なんか……よくわかんないけど」

正直に言うと、お母さんも「そうね」とうなずいて、寂《さび》しそうに笑《わら》った。「お母さんにも、よくわかんない」

「えーっ……」

そんなの困《こま》る。途方《とほう》に暮《く》れると、急に心細くなって顔がゆがんだ。

「ごめんごめん、嘘《うそ》うそ、だいじょうぶ、お母さん、ちゃーんとわかってるから」

お母さんはあわてて笑《わら》った。でも、なにがどんなふうにわかっているのかは教えてくれなかった。

*

春の大会の中止が決まった翌朝《よくあさ》、教室に入るとすぐにケンちゃんが席《せき》まで来た。

「サイテーだよなあ、信《しん》じられないよ」

ドルフィンズはベスト8がいままで最高《さいこう》の成績《せいせき》だったけど、去年の秋の大会——つまりぼくたちが最上級生になった初《はじ》めての大会で、ベスト4に入った。ケンちゃんの投打にわたる大活躍《だいかつやく》のおかげで記録《きろく》を更新《こうしん》したのだ。

春の大会も大いに期待されていた。

実際《じっさい》、二月にシーズン開幕戦《かいまくせん》となる練習試合《れんしゅうじあい》をしたときには、去年の秋の大会で優勝《ゆうしょう》した旭ケ丘《あさひがおか》ヒルズと互角《ごかく》の戦《たたか》いだった。最後《さいご》の最後に競《せ》り負けてしまったときにはケンちゃんは目に涙《なみだ》を浮《う》かべるほど悔《くや》しがって、試合後《しあいご》に円陣《えんじん》を組んだチームのみんなの前で「春の大会では絶対《ぜったい》にリベンジするぞ!」と力強く宣言《せんげん》した。

でも、春の大会は中止になってしまった。リベンジの機会《きかい》は夏に持ち越《こ》された。いつものケンちゃんなら、中止を決めたおとなたちに文句《もんく》を言いながらも、「夏は絶対《ぜったい》にヒルズに勝って優勝《ゆうしょう》するからな!」と気持ちを前に向けるはずなのに――。

「だいじょうぶかなあ。夏、ほんとにできるかなあ」

不安《ふあん》そうだった。負けず嫌《ぎら》いのケンちゃんがこんなに弱気になるのは、いままで見たことがなかった。

「だって、今年って、二月の終わり頃《ごろ》からいままで、なーんにもいいことないだろ。史上最悪《しじょうさいあく》の一年だよ」

確《たし》かに、いいことはなにもなかった。友だちともほとんど遊べない。野球もできない。小学校最後《さいご》の年がこんなふうになってしまうなんて、去年のクリスマスの頃《ころ》には夢《ゆめ》にも思っていなかった。

「嫌《いや》なことばっかりだよ」

ケンちゃんはぼそっと言った。「サイテーの世の中だよ、ニッポン」

ぼくは黙《だま》ってうなずいた。口に出して「わかるよ」と言うと、ケンちゃんの性格《せいかく》だと、かえってさらに腹《はら》を立ててしまうだろう。でも、気持ちはわかる。ぼくも、いまの世の中は、ちょっと嫌《きら》いだ。


二月の練習試合《れんしゅうじあい》の数日後、全国の小学校が休校になって、市内の少年野球チームもすべて活動を自粛《じしゅく》した。ケンちゃんは「自粛って自分の意志《いし》でやめるってことだから、強制《きょうせい》するのはおかしいだろ」と不満《ふまん》そうだったけど、みんなの反応《はんのう》は鈍《にぶ》かった。「自粛《じしゅく》」という言葉じたい初《はじ》めて聞いたヤツも多かったし、ぼくだって「粛」という漢字は書けないし。

四月、ケンちゃんは「チームの練習はできなくても個人《こじん》トレーニングをやるのは自由だよな、そんなの基本的人権《きほんてきじんけん》で、憲法《けんぽう》で保障《ほしょう》されてるんだから」と難《むずか》しいことを言って、家の近所でランニングを始めた。

すると三日後、ケンちゃんの家の郵便受《ゆうびんう》けに両親宛《あ》ての、切手なしの手紙が入っていた。

マスクなしで走りまわるのは近所迷惑《めいわく》なので、すぐにやめさせてください、おたくは息子さんにどんな教育をしているのですか、おたくの息子さんのせいでウイルスに感染《かんせん》する人が出たら責任《せきにん》を取ってもらいますよ……。

言葉づかいは気持ち悪いほど丁寧《ていねい》だったけど、差出人《さしだしにん》の名前はなかった。

「文句《もんく》があるんだったら、オレに面と向かって直接《ちょくせつ》言えばいいじゃないかよ。ひきょうだよ、こんなの絶対《ぜったい》に、ひきょうだよ」

ケンちゃんの目は真っ赤だった。同じ悔《くや》し涙《なみだ》でも、旭ヶ丘《あさひがおか》ヒルズに負けたときとは全然違《ぜんぜんちが》う。リベンジを誓《ちか》えない悔しさは、ケンちゃんの心の中のどこに、どんなふうに溜《た》まってしまうのだろうか。

五月には、旭ヶ丘《あさひがおか》ヒルズが騒《さわ》ぎを起こした。チームは活動自粛中《じしゅくちゅう》なのに、六年生のメンバーが練習をしていたことがわかったのだ。

大型連休中《おおがたれんきゅうちゅう》に河川敷《かせんじき》のグラウンドにキャンセルが出たのを知った六年生の一人が、「練習しようぜ」と仲間《なかま》を誘《さそ》った。みんな運動不足《ぶそく》でうずうずしていたので、たちまち十数人が集まった。強豪《きょうごう》の旭ヶ丘《あさひがおか》ヒルズには監督《かんとく》だけでなくコーチも二人いる。その一人――守備《しゅび》を中心に見ている大学生のコーチに、六年生は「ノックをしてくれませんか？」とお願《ねが》いした。コーチは迷《まよ》いながらも、六年生のやる気に応《こた》えてあげようと思って引き受けた。

もちろん感染対策《かんせんたいさく》はしていた。練習中は大きな声を出さなかったし、ハイタッチやハグもしなかった。そもそも河川敷《かせんじき》のグラウンドは広いし、下級生がいないので人数も少ない。順番《じゅんばん》にノックを受けてボールを回すだけならだいじょうぶだろう、と考えたのだ。

ところが、河原《かわら》の遊歩道を散歩《さんぽ》していた人がその光景《こうけい》を撮影《さつえい》してSNSにアップしたことで、状況《じょうきょう》が大きく変《か》わった。撮影《さつえい》した本人は批判《ひはん》するつもりはなかったのに、それを見た人が「おかしいじゃないか」「感染《かんせん》が広がったらどうするんだ」と言いだしたのだ。

写真がどんどん拡散《かくさん》されて、チームのことも知れ渡《わた》り、市の少年野球連盟《れんめい》で大問題になってしまった。全チームの活動は「自粛《じしゅく》」ではなく「休止」になって、名前や大学までネットに晒《さら》されたコーチは「子どもたちを止めるどころか練習を手伝《てつだ》って、おとなとしての自覚《じかく》に欠《か》ける行動をとった」ということでチームを辞《や》めさせられた。

六年生はみんなで「悪いのはぼくたちだから、コーチを許《ゆる》してあげてほしい」と訴《うった》えたけど、聞き入れてもらえなかったらしい。

「そのコーチって最高《さいこう》にいいひとだよ。ドルフィンズに来てほしいよなあ」

ケンちゃんはそう言っていたけど、ウチの両親の受け止め方は違《ちが》っていた。

「憎《にく》まれ役になってでも止めてやるのが、おとなの責任《せきにん》だ。大学生とはいっても、一人前のコーチなんだから」

お父さんの言葉に、お母さんも「そうよねえ」とうなずいた。

「練習したメンバーの中に感染《かんせん》した子がいなかったから、まだよかったけど……もしも感染者が出てたら大変《たいへん》よ、その子の家族も、両親の勤《つと》め先も、みーんなうつってる可能性《かのうせい》があるんだから」

ウイルスは、感染《かんせん》したら全員同じ症状《しょうじょう》が出るわけではない。重症化《じゅうしょうか》して命を落とす人がいる一方で、まったく症状《しょうじょう》の出ない人もいる。だから難《むずか》しい。感染したかどうか自分ではわからないまま、じつはウイルスをまき散《ち》らしていることだってあるのだ。

症状《しょうじょう》の出ない人は、若者《わかもの》や子どもたちに多いらしい。だから、ほんとうは、ぼくも——もしかしたら、じつは、すでに……。

のどの奥《おく》がイガイガしてきた。咳払《せきばら》いしたら、お母さんが一瞬《いっしゅん》ピクッと肩《かた》を縮《ちぢ》めた。

「とにかく、いまはじーっとしてるしかないよな。なるべくウチにこもって、人と会うのも最小限《さいしょうげん》にして、うつさないように、うつされないように気をつけて暮《く》らしましょう、ってことだ。いつかはワクチンもできるんだから、それまでの辛抱《しんぼう》だ、なっ」

お父さんはぼくに向かって言った。でもほんとうはお父さん自身に言い聞かせていたのだろう。

「ワクチンって、いつできるの？」

「実用化されてみんなに行き渡《わた》るのは、早くても再来年《さらいねん》っていう話だな」

お父さんは「二年後だから……もうちょっとだよ」と、ため息交じりに付《つ》け加えた。

二年後の「いつか」、みんながワクチンを打てば、ぼくたちはもうウイルスに感染《かんせん》するのを恐《おそ》れずにすむのだろう。

でも、やりたいことがなにもできなかった小学六年生の「いま」は、二年後もそのままだ。ぼくは中学二年生になっていて、小学六年生に戻《もど》ってやり直すことはできない。タイムマシンがあれば……と想像《そうぞう》するほど、ぼくはもう子どもじゃない。

＊

六月に学校の授業《じゅぎょう》が始まったのに合わせて、城西《じょうさい》ドルフィンズも活動を再開《さいかい》した。でも、なかなかペースを取り戻《もど》せない。三月からずっと全体練習ができなかったし、個人《こじん》の練習も庭や玄関先《げんかんさき》で素振《すぶ》りをする程度《ていど》のものだったから、みんな、体がすっかりなまってしまったのだ。

突《つ》き指や打撲《だぼく》などのケガをする選手《せんしゅ》も多い。ドルフィンズではその程度《ていど》だったけど、別《べつ》のチームではランニング中に肉離《にくばな》れを起こした選手や、ファウルチップが顔を直撃《ちょくげき》して鼻血を出した選手もいたらしい。

ケンちゃんも調子を落としていた。二月頃《ごろ》とは比《くら》べものにならない。ピッチングではコントロールが悪くなった。むきになって空振《からぶ》りを取りにいくせいだ。バッティングも荒《あら》くなった。一発長打を狙《ねら》って大振りを繰《く》り返しているうちに、すっかりフォームが乱《みだ》れてしまったのだ。

でも、それは練習不足《ぶそく》だけの問題ではなかった。野球のテクニックというより、原《げん》因《いん》は別《べつ》のところにあった。ぼくはそれをケンちゃん本人から聞かされた。

「ウチの会社、つぶれるかもしれない」

お父さんが経営《けいえい》している三軒《げん》のワインバーが、この春からずっと赤字続《つづ》きなのだという。ウイルスの感染《かんせん》が広がるのを防《ふせ》ぐために、飲食店はさまざまな「自粛《じしゅく》」をしなくてはいけなくなった。営業時間《えいぎょうじかん》を短縮《たんしゅく》したり、席数《せきすう》を減《へ》らしたり、営業そのものをしばらく休んだり……。お客さんの数もがくんと減った。外食をしたりお酒を飲みに出かけたりする人がほとんどいなくなってしまったのだ。

「とりあえず二軒《けん》を店じまいして、もともとのお店だけにするって言ってるんだけど、このままだと最後《さいご》の一軒もちょっとわからなくて……銀行にけっこうお金も借《か》りてるっていうし……」

中学受験《じゅけん》は、やめることにした。ケンちゃんが自分で決めた。

「だって、あの学校、すごくお金がかかるんだよ。金持ちのヤツばっかりだし、入ってからの友だち付《づ》き合いも面倒《めんどう》だから、地元でいいや、って」

両親は「お金のほうはだいじょうぶだから、気をつかわなくてもいいから」と言ってくれた。でも、ケンちゃんの決心は揺《ゆ》るがない。

「父ちゃんも母ちゃんも、最後《さいご》に残《のこ》すお店、ほんとに大切にしてるんだよ。独立《どくりつ》して初《はじ》めて出したお店だから、自分の子どもみたいなものだって……ってことは、オレと兄弟だよな。店のオープンはオレが四つのときだったから、オレのほうが兄ちゃん。兄ちゃんだから、弟のピンチを助けてやるのって、とーぜんだよな」

ケンちゃんはイバって胸《むね》を張《は》った。ぼくを笑《わら》わせようとしたのだろう。でも、ちっとも笑えない。逆《ぎゃく》に、泣《な》きそうになってしまった。

「ま、だから、中学でもオレら一緒《いっしょ》だ。オレ、野球部のエース決定だな」

またイバる。今度はぼくも、ちょっとだけ笑《わら》うことができた。

でも、ケンちゃんの強がりも長くは続《つづ》かない。

「ウチの父ちゃんも母ちゃんも、なーんにも悪いことしてないのになあ。一所懸命《いっしょけんめい》がんばって、借金《しゃっきん》しながらお店を増《ふ》やして、それで……コレかよ、なんなんだよ、マジかよ、神さまいねーのかよ、って……」

だから、全力投球で暴投《ぼうとう》ばかりする。

ホームラン狙《ねら》いの大振《おおぶ》りをして、勢《いきお》い余《あま》って打席《だせき》で尻《しり》もちをついてしまう。

活動再開《さいかい》後《ご》の最初《さいしょ》の練習試合《じあい》で、監督《かんとく》はケンちゃんを先発ピッチャーからはずした。打順《だじゅん》も三番から七番に下げた。

ぼくは背《せ》番号13のまま、最終回《さいしゅうかい》に外野の守備《しゅび》に就《つ》いただけだった。


七月に入って暑い日が続《つづ》くと、いくつものチームで、熱中症《ねっちゅうしょう》で具合が悪くなる選手《せんしゅ》が出た。それも練習中ではなく、帰り道に頭がクラクラして座《すわ》り込《こ》んでしまうのだ。新聞にも載《の》った。練習で体温が上がったまま、マスクをつけて歩いたせいで、脱水症《だっすいしょう》状《じょう》を起こしてしまったのだという。

マスクをつけずに歩いていると「ウイルスをうつすな」と叱《しか》られるし、マスクをつけて歩くと熱中症《ねっちゅうしょう》で倒《たお》れてしまう。じゃあ、いったいどうすればいいわけ？

「野球なんてするな、練習で集まるな、っていうことなのよね……」

お母さんはうんざりした顔で言った。

七月半ば、ドルフィンズが練習に使っているグラウンドの近所の人から、チームのウェブサイトにクレームの投稿《とうこう》があった。練習の前後に子どもたちが集まって騒《さわ》いでいるのがけしからん、という。

「みんなマスクしてるのよ？　それでもだめだって言うんだから、どうかしてるわよ。だいいち、何年も前からグラウンドを使ってて、クレームなんて一度もなかったのに、なんでいまさらそんなこと言いだすのよ」

投稿者《とうこうしゃ》の名前はわからない。ただ、文末《ぶんまつ》には「近隣住民一同《きんりんじゅうみんいちどう》」とあった。もちろん、ほんとうに「一同」――ご近所がみんなそう思っているのかどうかはわからないけど、チームとしては無視《むし》するわけにもいかない。保護者会《ほごしゃかい》で話し合って、練習の前後は私《し》語厳禁《ごげんきん》、練習の前には早く着きすぎない、練習が終わったらすみやかに解散《かいさん》、できれば保護者が車で送り迎《むか》え……ということになった。

こんな苦労《くろう》も、ワクチンができるまでのことなのだろうか。

でも、その頃《ころ》には、ぼくはいまよりもっと世の中が嫌《きら》いになっているかもしれない。

そして七月の終わり、最《もっと》も恐《おそ》れていた事態《じたい》になった。夏の大会に参加《さんか》するチームの中から、ウイルスの感染者《かんせんしゃ》が出てしまったのだ。しかも、三チームも、いっぺんに。すでに予選《よせん》リーグの組み分け抽選《ちゅうせん》は終わっていたけど、連盟《れんめい》は保健所《ほけんじょ》や市役所とも相談して、夏の大会を中止することに決めた。

春につづいて、夏も、ぼくたちは奪《うば》われてしまった。旭ケ丘《あさひがおか》ヒルズへのリベンジは果《は》たせないまま――勝つか負けるか以前《いぜん》に、戦《たたか》うことすらできずに、ぼくたちは引退《いんたい》する。

春の大会のときと同じように、中止の決定は保護者会《ほごしゃかい》の連絡網《れんらくもう》で知らされた。廊下《ろうか》で長電話をしたお母さんがリビングに戻《もど》ってくるのも、戸口で待ちかまえていたぼくが返事を聞いてソファーにダイブするのも、そんなぼくにお父さんが声をかけてくるのも、まるで再現映像《さいげんえいぞう》のように、あの夜とまったく同じだった。

「残念《ざんねん》だけど、しかたないな。ハルヒコの悔《くや》しさ、お父さんにもよくわかるよ。でも、自分ではどうしようもないことって、世の中にはあるんだ」

口がとがる。まばたきの回数が増《ふ》える。

「この悔《くや》しさ、いまはグッと噛《か》みしめろ。なっ？　それで、中学校に入ってから、そのぶんもっとがんばればいいんだ。いまはみんな我慢《がまん》の時間だ。まだまだ人生は長いんだから、楽しいこと、たくさんあるさ」

人生は長くても、「いま」は、いましかないんだけど――。

でも、もういいや。

寝返《ねがえ》りを打って、両親に背中《せなか》を向けた。

＊

翌朝《よくあさ》、ケンちゃんが自転車で訪《たず》ねてきた。

ケンちゃんも、もちろん、夏の大会が中止になったことは知っている。

だからこそ――。

「キャッチボールしようぜ」

いきなり誘《さそ》ってきた。

「最後《さいご》の最後にキャッチボールしたくなったから、付《つ》き合ってくれよ」

ドルフィンズでも、夏の大会がなくなってしまった六年生のために、お別《わか》れのイベントを考えてくれるらしい。たぶん五年生との紅白戦《こうはくせん》か、OBの中学生との試合《しあい》か、そのあたりだろう。六年生全員に出番があるはずで、ぼくもきっと打席《だせき》に立てるだろう。でも、たとえヒットを打ったとしても、あんまりうれしくないだろうな、という気がする。

だったら、それよりも――。

「行くよ」

ぼくがすぐに言うと、自分から誘《さそ》ったくせにケンちゃんは意外そうに「マジ？」と訊《き》き返した。「いいの？」

「うん……どうせ暇《ひま》だし、やることないし」

「なにスネてるんだよ」

笑《わら》われてしまった。ぼくとしては、本音《ほんね》を口にしたつもりだったのだけど。

ケンちゃんに先に近所の河原《かわら》に行ってもらって、急いで出かけるしたくをした。

お母さんにいきさつを話すと、「帽子《ぼうし》とマスク、忘《わす》れないでね」と言われた。

「うん……わかってる」

「マスク、暑いかもしれないけど、はずしちゃだめよ」

うなずいた。でも、微妙《びみょう》に納得《なっとく》のいかない顔になっていたのだろう、お母さんは続《つづ》けた。

「ウイルスのことを心配しすぎるのって、おかしいと思う、お母さんも。でもね、もともと体の具合が悪いひととか、お年寄《としよ》りとか、万が一うつったら大変《たいへん》なことになっちゃうひともいるんだから……それは忘《わす》れないで」

わかってる。

「ハルヒコがいまウイルスに感染《かんせん》してるって、決めつけてるわけじゃないのよ。でも、そういう可能性《かのうせい》だって、あるの。で、それがすごく心配なひともいるの。すごく心配なひとにとっては、若者《わかもの》とか子どもを見るだけでも、疑《うたが》っちゃうわけ。嫌《いや》だと思うけど、そういうひともいるの」

わかってる、わかってる。

「マスクをつけてれば、そのひとたちも少しは安心するんだから、つけてあげなさい。そのひとたちもそうだし、ハルヒコたちのためにも、そのほうがいいでしょう?」

わかってる、わかってる、わかってる……から、ぼくの口は自然《しぜん》ととがって、まばたきの回数もどんどん増《ふ》えていく。

河原《かわら》で待っていたケンちゃんは、マスクをつけていた。ちょっとホッとした。もしもケンちゃんがマスクをしていなくて、ぼくだけがマスク姿《すがた》だったら、なんとなく——理由はうまく言えないけど、気まずくなるところだった。

夏の大会が中止になったことに文句《もんく》はいくらでもあるはずだけど、ケンちゃんは「よし、やろうぜ」とすぐにキャッチボールを始めた。

最初《さいしょ》はすぐ目の前で向き合ってボールをトスする。何往復《なんおうふく》かしたところで、ケンちゃんは言った。

「ウザいおっさんとかおばさんが来たら、チャリですぐに逃《に》げようぜ」

マスクをしたまま、もごもごとした声で言って、並《なら》べて駐《と》めてある自転車に顎《あご》をしゃくる。ぼくもマスク越《ご》しに「わかった」と応《こた》えて、キャッチボールを続《つづ》ける。

少しずつ距離《きょり》が広がった。一メートル、二メートル……五メートルぐらいになると、お互《たが》いに投げる球に力がこもり、フォームも大きくなってきた。

暑い。息苦しい。隣《となり》には誰《だれ》もいない。ケンちゃんとも充分《じゅうぶん》に遠ざかっている。たとえどんなに大きな咳《せき》をしても、くしゃみをしても、叫《さけ》び声をあげても、唾《つば》のしぶきが誰《だれ》かにかかる心配はない。絶対《ぜったい》にない。

あ、でも、ボールはどうなんだろう。しぶきが指について、その指でボールを触《さわ》って、投げて、グローブで捕《と》って、また投げて……まずいかもしれない。

でも、それは、ケンちゃんやぼくがウイルスに感染《かんせん》していたら、という話だ。ぼくは熱《ねつ》もないし、咳《せき》も出ていないし、ケンちゃんも体調は全然《ぜんぜん》悪くなさそうだ。

でも、症状《しょうじょう》が出ないまま感染《かんせん》しているのなら、平熱《へいねつ》でも咳《せき》がなくても関係《かんけい》ないことになる。

でも、平熱《へいねつ》で咳《せき》もないのに、感染《かんせん》しているかもしれないんだからと決めつけられるのは、やっぱりおかしいと思う。

でも、ウイルスをうつされることがほんとうに怖《こわ》いひとにとっては、誰《だれ》のことも信《しん》じられずに、マスクをつけているかどうかだけが、せめてもの安心材料《ざいりょう》で……。

「でも」がいくつも重なる。どれだけ重なっても、最後《さいご》に「だから」で話をまとめることができない。

ケンちゃんはTシャツの袖《そで》で顔の汗《あせ》を拭《ぬぐ》い、うっとうしそうにマスクをはずした。距離《きょり》はある。たっぷりある。ボールのことはちょっと心配だけど、ボールに触《ふ》れた指を口や鼻に持って行かないよう気をつけて、キャッチボールが終わったらすぐに手を洗《あら》えば、だいじょうぶ……だと、思う。

暑い。息苦しい。マスクをはずしたケンちゃんは、見るからに楽になって、球の力も増《ま》した。

ぼくもマスクをはずした。口元に溜《た》まっていた熱気《ねっき》がすうっと流れて、少し涼《すず》しくなった。紐《ひも》を掛《か》けていた耳も軽くなった。

投げて、受ける。何往復《なんおうふく》かすると、口元や耳だけでなく、胸《むね》の奥《おく》も軽くなってきた。

そのときだった。

向こうからおじいさんが来るのが見えた。眉《まゆ》が吊《つ》り上がっている。マスクなしのぼくたちに怒《おこ》っているのだろうか。それが、もともとの顔つきなのだろうか。マスクをつけたおとなの人の顔は、みんな、おっかない。気のせいだろうか？

ケンちゃんは、後ろから来るおじいさんのことに気づいていない。ぼくが教えないと、気づかないままだろう。

でも、こんなに離《はな》れているのに、マスクをしなくてはいけないの——？

最後《さいご》の試合《しあい》すらできなかったぼくたちが、お別《わか》れにキャッチボールをしているのは、悪いことなの——？

おじいさんが近づいてくる。杖《つえ》をついている。体の具合があまりよくないのだろうか。万が一ウイルスに感染《かんせん》したら、大変《たいへん》なことになってしまうのだろうか。

ぼくの放った球を受けたケンちゃんは、気持ちよさそうにワインドアップで球を投げ返す。ぼくもその球を受ける。気持ちよかったかどうかなんて、考える余裕《よゆう》はない。

おじいさんが近づいてくる。おっかない顔で、杖《つえ》をついて。

マスクは半パンのポケットに入れてある。ダッシュで逃《に》げ出すための自転車はすぐそばに駐《と》めてある。

おじいさんが近づいてくる。

ボールを持ったまま投げ返さずにいるぼくに、ケンちゃんが両手を掲《かか》げて、早く投げろよ、とうながした。

おじいさんが、近づいてくる。

おじいさんが。

近づいてくる。

おじいさんが——。

しあわせ

「ちょっと寄《よ》り道して、動物園に行ってみるか」
車を運転しながらパパが言った。
少しだけ遠回りをすれば、小さな動物園がある。パンダやコアラのような人気者の動物はいないから、ぼくはどっちでもよかった。でも、パパは、ぼくが
返事をしないうちに「よーし、じゃあ、行こう」と張《は》り切った声で言って、直
進するはずだった交差点《こうさてん》で左折《させつ》のウインカーを出した。
ぼくに気をつかって、元気づけたいんだ。わかる。ぼくはさっきからずーっ
と黙《だま》り込《こ》んでいた。パパに話しかけられても「うん」か「ううん」しか答えな
かった。怒《おこ》っていたし、落ち込んでもいた。おばあちゃんに会いに行った帰り
道は、いつも、こうなってしまう。
おばあちゃんは今日も、ぼくとパパをまちがえた。ぼくの名前は「翔太《しょうた》」な
のに、何度も「ケイちゃん」と呼《よ》んだ――パパの名前が「圭一《けいいち》」だから。
今日は小学校の修学旅行《しゅうがくりょこう》のおみやげを渡《わた》しに、パパと二人で、おばあちゃん
が暮《く》らしているグループホームに出かけた。おみやげのキーホルダーを、おば

あちゃんはとても喜《よろこ》んでくれた。ぼくもうれしかった。売店でさんざん迷《まよ》ったすえに選《えら》んだんだから。

　でも、おばあちゃんは「ありがとうね、ありがとうね」と何度も言ったあと、ぼくの頭をなでながら、続《つづ》けた。

「ケイちゃんのおみやげ、おかあさん、ずーっと大切にするからね」

　おばあちゃんは何年も前から認知症《にんちしょう》をわずらっている。いまがいつなのか、ここがどこなのか、目の前にいるひとがだれなのか、そして自分がだれなのか……わからなくなってしまった。

　そんなおばあちゃんと年に何度か会うたびに、パパやママに聞きたくなることがある。いままではグッとこらえて黙《だま》っていたけど、今日は言っちゃおう。口に出せるタイミングがあったら、もう、がまんせずに言おう。それを逃《のが》してしまうと、またずっと言えないままになりそうだし。

　だからぼくは、動物園の駐車場《ちゅうしゃじょう》にとめた車から降《お》りて、パパと二人でチケット売り場まで歩いているときに、よし、いまだ――と、言った。

「ねえ、パパ。おばあちゃんって、いま、しあわせなのかなあ。みんなのことをどんどん忘《わす》れちゃって、長生きしても全然《ぜんぜん》しあわせじゃないような気がしない？」

怒《おこ》られるかも。覚悟《かくご》はしていた。でも、パパは「んー？」と寝言《ねごと》のような声を出したきり、なにも答えなかった。券売機《けんばいき》でチケットを買っている間も、そう。園内に入ってからも、ぼくの質問《しつもん》なんて忘《わす》れてしまったみたいに、Jリーグやバトルゲームやスーパー戦隊《せんたい》のことしか話さない。

どうしたんだろう。歩き方もヘンだ。動物を見に来たはずなのに、園舎《えんしゃ》には目もくれずに通路をずんずん進む。

奥《おく》まったところにある園舎《えんしゃ》で、パパはやっと足を止めた。『サバンナ園』と案内板《あんないばん》が出ている。キリンやシマウマやダチョウが広場を散歩《さんぽ》して、池にはペリカンもいて、いま、シマウマの一頭がぼくたちのすぐ目の前に歩いてきた。

「しあわせって、なんなんだろうなあ」

パパはのんびりした声で言った。「え？」と聞き返すぼくにニッと笑《わら》ってから、その笑顔《えがお》をシマウマに向けた。

「なあ、翔太《しょうた》。シマウマって、もともと、どこにすんでるんだっけ」

「アフリカでしょ？」

「だよな。広ーいサバンナだ。で、ここはどこだ？」

「……ニッポン」

「そう、遠いニッポンに連《つ》れて来られて、狭《せま》ーい動物園の柵《さく》の中に閉《と》じ込《こ》められてるわけだよな」

言われてみると確《たし》かにそのとおりだ。水飲み場で水を飲む姿《すがた》も、しょんぼりとうつむいているように見えてきた。

「でも、ここにいれば、ライオンに襲《おそ》われる心配はないし、食べるものがなくて飢《う》え死にすることもないよな。病気になったら獣医《じゅうい》さんだっている。シマウマみたいに弱い動物も安心して生きていけるよ」

いまの話も、確《たし》かにそのとおりだ。大きなシマウマと小さなシマウマが並《なら》んで立っている。お母さんと子どもなのかな。もしも子どもシマウマがライオンに襲《おそ》われたら、お母さんシマウマはどれほど悲しむのか……想像《そうぞう》すると、ぼくまで泣《な》きそうになってしまった。

「翔太《しょうた》は、動物園のシマウマってしあわせだと思う？　思わない？　どっちだ？」

不意《ふい》に聞かれて、「えーっ」と声をあげた。どうなんだろう、どうなんだろう、と考えてみたけど、そんなの急に言われても、すぐには答えられない。

「パパは？」

聞き返すと、パパはシマウマを見つめたまま「どっちなんだろうなあ、パパにもよくわかんないな」と言った。

ぼくはまた「えーっ」と声をあげる。今度はブーイングっぽく。自分でも答えがわからないのに聞いてくるなんて、ずるい。でも、パパが「アフリカにいたほうがしあわせだ」と言っても、逆《ぎゃく》に「動物園のほうがしあわせだ」と言っても、ぼくは心の半分で「だよね」と納得《なっとく》しながら、残《のこ》り半分では「そうかなあ？」と首をひねっていただろう。

飼育員《しいくいん》のお兄さんとお姉さんが干《ほ》し草を一輪車《いちりんしゃ》にのせて運んできた。ごはんの時間だ。やっぱり、なにもしなくてもごはんが出てくるのって、しあわせかも。あ、でも、生きるたくましさを奪《うば》われて、かえってふしあわせなのかも。どっちなんだろう。ほんとうに、どっちなんだろう……。

二人の飼育員《しいくいん》さんは干《ほ》し草を置《お》いたあとも広場に残《のこ》って、ごはんを食べるシマウマや散歩中《さんぽちゅう》のキリンの一頭ずつに近寄《ちかよ》って、声をかけたり体をなでたりしていた。

「具合が悪くないか、ああやって確《たし》かめてるんだよ」

パパが教えてくれた。「あと、遊び相手にもなってるのかもな」――ほんとだ、ダチョウがお兄さんの背中《せなか》をくちばしでツンツン突《つ》っついているのは、遊んでよ、遊んでよ、とせがんでいるみたいに見える。

「飼育員《しいくいん》さんはみんな、病気になったら徹夜《てつや》で看病《かんびょう》して、赤ちゃんが生まれたら涙《なみだ》を流して喜《よろこ》んで……動物のために一所懸命《いっしょけんめい》がんばってくれてるんだよな」

「うん……」

「アフリカにいるのと動物園にいるのと、どっちがしあわせかなんて、わからない。たぶんシマウマ本人にもわからないんじゃないかな」

でも、とパパは続《つづ》けた。

「ここには、自分のことを大切に思ってくれる飼育員《しいくいん》さんたちがいる。それは、ぜーったいに、しあわせだ」

まるでいまの言葉に返事をするみたいに、柵《さく》の近くにいたシマウマがしっぽをブルッと振《ふ》った。

「おばあちゃんもそうだよ」

急に話が変《か》わった。きょとんとするぼくに、パパは、子どもの頃《ころ》にインフルエンザで寝込《ねこ》んだときのことを教えてくれた。おばあちゃんは高熱《こうねつ》にうなされるパパの手を夜通し握《にぎ》って、看病《かんびょう》してくれたのだという。そのときのおばあちゃんの手の感触《かんしょく》を、パパはいまでもおぼえているらしい。

「でも、いまは、おばあちゃんが手を握《にぎ》ってもらう番だ。翔太《しょうた》も今日、見ただろう?」

グループホームの介護士《かいごし》さんは、みんな優《やさ》しい。車椅子《くるまいす》に座《すわ》るおばあちゃんと話すときには、いつもしゃがんで目の高さを合わせる。おばあちゃんの昔ばなしを聞くときも、背中《せなか》をさすったり手を握《にぎ》ったりしながら、どんなに繰《く》り返しばかりになっても、笑顔《えがお》であいづちを打ってくれる。

「認知症《にんちしょう》になって、いろんなことを忘《わす》れてしまうのは、ふしあわせだよ。でも、おばあちゃんのカサカサの手を握《にぎ》ってくれるひとがいるのは、しあわせだ」

あ、そっか、と思った。しあわせとふしあわせは、どっちかに決めてしまえるものじゃないのかもしれない。

「おばあちゃんは翔太《しょうた》にキーホルダーをもらって、大喜《おおよろこ》びしてただろう？　それは翔太が、なにがいいか考えて、迷《まよ》って、選《えら》んでくれたからなんだ。自分のために一所懸命《いっしょけんめい》になってくれるひとがいるって、しあわせだよ、ほんとに」

サンキュー、とお礼を言われると、むしょうに照《て》れくさくなった。思わず「パパと間違《まちが》えられちゃったけどね」と言ってしまった。ひねくれてる。意地悪でもある。自分でもすぐに後悔《こうかい》した。

でも、パパは怒《おこ》らなかった。「がっかりだったよな」と苦笑《くしょう》して、「でも、おばあちゃんの顔、しわくちゃの、いい笑顔《えがお》だったと思わないか？」と言った。

思う。ぼくはうなずいて、小さな声で「……ごめんなさい」と言った。

「謝《あやま》ることないさ」

「でも……」

それより、とパパは広場を見回しながら「なつかしいなあ」と言った。「この動物園、昔、来たことがあるんだ」

「そうなの？」

「いまの翔太《しょうた》より、もうちょっと小さな頃《ころ》かな。おばあちゃんに連《つ》れて来てもらったんだ。おばあちゃんも若《わか》くて、ママみたいに美人だったたんだぞ」

いたずらっぽく言って、「ずーっと、ずーっと昔の話だけどな」と笑《わら》った。声は明るかったのに、目が合うと、パパの笑顔《えがお》はどこか寂《さび》しそうにも見えた。

「お、キリンがこっちに来たぞ」

パパはぼくに背中《せなか》を向けて、近づいてきたキリンの顔を見上げ、「背が高いよなあ……」とつぶやいた。

そのまま、パパはしばらく動かなかった。背中《せなか》に声をかけると、返事の代わりに、なにか聞こえた。

ハナをすする音だった。肩《かた》も小刻《こきざ》みにふるえていた。

きっと、気のせいだと思うけど。

いちばんきれいな空

ヒロシが提出《ていしゅつ》した絵を見て、先生は「うーん……」と腕組《うでぐ》みをして、困《こま》り顔になった。

「これ、ウケねらいじゃないよね？」

「はい」

ヒロシはきっぱりと答えた。みんなを笑《わら》わせたくて、この絵を描《か》いたわけじゃない。本気だ。〈きれいな空の絵〉というテーマどおり、自分がいちばんきれいだと思う空を描いた――いまにも雨が降《ふ》りだしそうな、くもり空を。

「ヒロシくんは、ほんとうに、こんな空が好《す》きなの？」

「はい。好《す》きです」

「まあ、好《す》きなら好きでいいんだけど……でも、先生はきれいな空を描《か》いてほしかったの。雲ばっかりの空なんて、きれいだと思う？」

ヒロシは意外そうに「きれいじゃないですか？」と聞き返した。「ぼく、いろんな天気の中で、くもった日の空がいちばん好《す》きだし、いちばんきれいだと思います」

これも本気だった。いつも思っていることだ。

よく晴れた空の青は、隅《すみ》から隅まで、ほとんど違《ちが》いはない。でも、くもり空は、雲の色の暗さや、垂《た》れ込《こ》める重さや、もこもことした厚《あつ》みが、細かく違う。雨の降《ふ》りだす前のぎりぎりが、特《とく》にいい。雨が降っているときは、晴れの日の青と同じように、べったりと鉛色《なまりいろ》になってしまうから、意外と面白くない。色合いがフクザツで、ビミョーで、きれいなのは、やっぱり雨が降《ふ》る直前。雲に覆《おお》われた空に、お日さまの光がうっすらと透《す》けて明るくなっているところがあったりすると、ほんとうにサイコーなのだ。

この絵はコンテストに応募《おうぼ》する作品だった。ヒロシの通う第三小学校では、来月の入学式に合わせて新入生を歓迎《かんげい》するポスターをつくることになった。先に決まったキャッチコピー〈大空にはばたく第三小！〉に合わせて、〈きれいな空の絵〉を募集して、その中でいちばん人気だった絵をポスターに使うのだ。

絵の好《す》きなヒロシは、張《は》り切って応募《おうぼ》して、下書きから何日もかけて描《か》いた。雲の灰色《はいいろ》は白と黒の絵の具を混《ま》ぜ合わせてつくり、その割合《わりあい》を細かく変《か》えて、

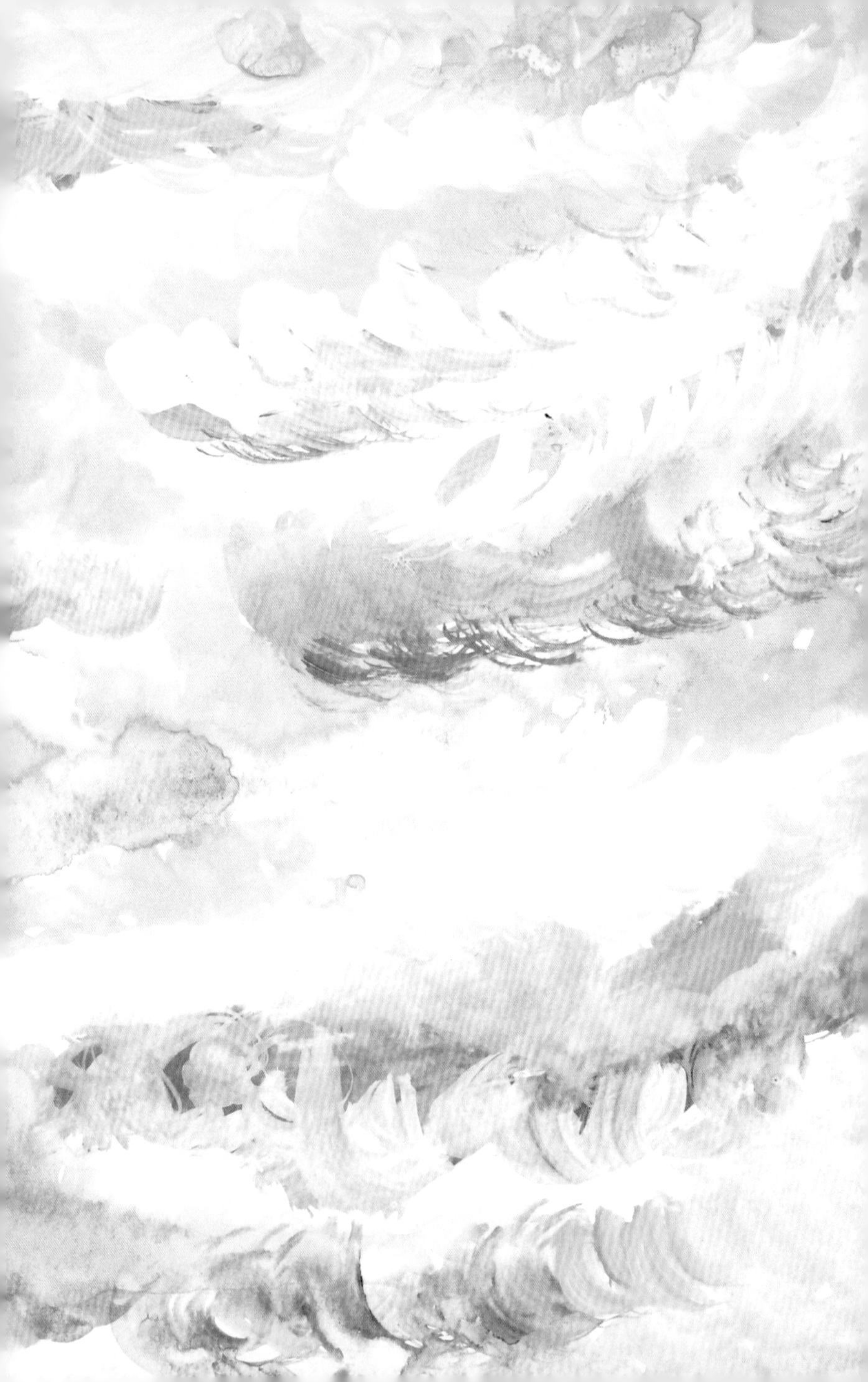

空の中でも暗いところと、かすかに明るいところを描き分けた。ほんのちょっと青を混ぜたり、たっぷりの水で溶《と》いた薄《うす》ーい紫色《むらさきいろ》も使ったりして……われながら自信作《じしんさく》ができあがった。

でも、先生はほめてくれなかった。

「きれいな空がくもり空っていうのは、やっぱりヘンだと思うけど。青空のほうがきれいでしょ？　だから、晴れた日を『いいお天気』って言うんだし、くもってたり雨が降《ふ》ったりしたら『あいにくの空模様《そらもよう》』なんて言うのよ」

ヒロシは小さく首をかしげた。「強いヒーロー」と「カッコいいヒーロー」は別《べつ》なんじゃないかと思った。「いいお天気の空」と「きれいな空」が、似《に》ているけれど、ビミョーに違《ちが》うみたいに。「あいにくの空模様《そらもよう》でも、きれいな空」って、ないのかな……あってもいいと思うけど……。

「ヒロシくんだって、雨が降《ふ》ったら校庭で遊べないから、イヤでしょ？」

今度は言葉にして答えた。

「雨はそうだけど……くもりだったら、校庭で遊べるし、暑すぎないから、ぼく、くもりのほうが好《す》きだし……それにやっぱり、くもりの日の空はきれいだと思います」

一所懸命《いっしょけんめい》に説明《せつめい》したのに、「屁理屈《へりくつ》はよくないわよ」と注意されてしまった。

「ふつうは、青い空を、きれいな空って言うの」

先生の口調は、まるで「1たす1は2」と言い切るみたいだった。

ってことは、ぼくはふつうじゃないんだろうか……。

ちょっと悲しくなった。

先生は、ほかの応募作《おうぼさく》のことを教えてくれた。

飛行機《ひこうき》が空を飛《と》んでいる絵を描《か》いた子もいたし、ツバメを描いた子もいた。第三小の校舎《こうしゃ》を描いたり、校庭で遊ぶ子どもたちを描いたり……。題材《だいざい》やアイデアはさまざまでも、みんな、晴れた日の青空を描いていたらしい。

「えーっ？」

びっくりした。先生は勘違《かんちが》いして「でしょ？　くもり空なんて一人もいなかったのよ」と言ったけど、ヒロシがびっくりしたのは別《べつ》の理由からだった。

「夕焼《ゆうや》けって、いなかったんですか？」

先生はきょとんとして「いない、いない」と言った。

夕焼《ゆうや》けの空を描《か》いた絵もあるだろうと思っていた。じつを言うと、それがヒロシの第二候補《こうほ》――くもり空の絵がうまく描けなかったら、そっちにするつもりだったのだ。

でも、先生は「だって、思いだしてごらん」と言った。「ポスターのキャッチコピーは〈大空にはばたく第三小！〉っていう言葉なのよ？　夕方になって、日が暮《く》れそうになる頃《ころ》にはばたくのって、ちょっとヘンでしょ」

そうかなあ……。でも、口答えだと思われて叱《しか》られるのもイヤだから、「あと、夜の絵もなかったんですか？」と聞いた。「満月《まんげつ》のお月さまとか、星空とか」

先生は一瞬《いっしゅん》あきれ顔になって、プッとふきだした。

「やだあ、コウモリやフクロウじゃないんだから」

夜にはばたくのもヘンなのだろう。ヒロシは、宮沢賢治《みやざわけんじ》の『銀河鉄道《ぎんがてつどう》の夜』

みたいに、列車が夜空を走っている絵もいいな、と思っていたのだけど。

「まあ、ヒロシくんがどうしてもこの絵を出したいっていうんだったら、もちろんいいわよ」

先生はそう言って、「でも、これだと、ポスターには選《えら》ばれないと思うわよ」と続《つづ》けた。「絵としては確《たし》かに上手だけど、みんなの投票《とうひょう》の多数決で決めるんだから」

みんなはこの絵を選《えら》ばない——。

くもった空をきれいだとは思わない——。

ほんと——?

先生は画用紙の裏《うら》にスタンプをおした。

「とりあえず、これで受け付《つ》けにするけど、もしヒロシくんがやっぱり描《か》き直したいと思ったら、いつでも遠慮《えんりょ》なく言ってね。提出期限《ていしゅつきげん》まであと一週間あるんだから」

ヒロシは黙《だま》って、首を小さく前に倒《たお》した。うなずいたのか、うなだれたのか、自分でもよくわからなかった。

次の日から、ヒロシは一日に何度も空を見上げた。

晴れた日もあった。くもりの日もあった。雨の日もあった。もうじき終わる冬の名残《なごり》で、雪が舞《ま》う日もあった。

朝の空も見た。昼間の空も見た。夕方の空も見たし、夜の空も見た。夜中にトイレで起きたついでに窓《まど》のカーテンを開けて眺《なが》めた空は、月が出ていたので、想像《そうぞう》していたよりずっと明るかった。お母さんに夜明け前に起こしてもらって、朝日が昇《のぼ》る空も見た。

いろいろな空がある。どれも、きれいだった。

でも、やっぱり、いちばんきれいなのは――。

机《つくえ》の上に広げた真っ白な画用紙を、ヒロシはじっと見つめる。


学校の友だちに「いちばんきれいな空って、どんな空?」と聞いてみると、ほとんど全員、青空だと答えた。

同じ晴れでも、雲一つない快晴《かいせい》が好《す》きな人もいれば、雲がちょっとあるほうがいいと言う人もいる。ただ、とにかく晴れた空は圧倒的《あっとうてき》な人気だった。夕焼《ゆうや》けの空と満天《まんてん》の星空を挙《あ》げた人も、少ないけれど何人かいた。でも、くもり空はゼロ。先生の言うとおりだった。

勝ち目がないのに、このままでいいんだろうか。みんなが「これにしよう」と言ってくれそうな絵を描《か》いたほうがいいんじゃないか。ポスターに選《えら》ばれれば、先生は喜《よろこ》んでくれるはずだし、お父さんやお母さんもほめてくれるだろう。なにより、自分だってやっぱり、絶対《ぜったい》に、うれしい。どうしよう、どうしよう、どうしよう……。

机《つくえ》の上の画用紙は、まだ真っ白なままだった。

二十点を超《こ》えた応募作品《おうぼさくひん》がキャスター付《つ》きの掲示板《けいじばん》に貼《は》られて、昼休みの渡《わた》り廊下《ろうか》に並《なら》んだ。

作品を応募《おうぼ》した子を除《のぞ》く全校児童《ぜんこうじどう》が、一人一枚《まい》ずつ桜《さくら》の花のシールを持って絵を見て回り、「これがいい」と思う絵の回りに貼《は》っていく仕組みだった。

昼休みが終わりかけた頃《ころ》、「コンテストの結果《けっか》が出ました」という校内放送があった。「応募《おうぼ》した皆《みな》さんは渡《わた》り廊下《ろうか》に集合してください」

ヒロシは胸《むね》をドキドキさせて渡《わた》り廊下《ろうか》に向かった。

掲示板《けいじばん》に近づくと、何十枚《なんじゅうまい》ものシールに囲《かこ》まれた作品が目に入った。第一位《い》になって、ポスターに使われることになった作品だ。空の色は――予想どおり、青。

第二位《い》の作品も空の色は青だった。第三位も、第四位も……それより下の順《じゅん》位の絵も、すべて青空を描《か》いていた。

くもり空の絵は、ヒロシの作品だけだった。

最下位《さいかい》。

でも、絵の横に、シールが一枚貼《まいは》ってあった。

いた。くもり空をきれいだと思う人が、ヒロシ以外《いがい》にももう一人――たった一人でも、いた。

ヒロシは、しょんぼりと落ち込《こ》んでいるような、にんまりと笑《わら》っているような、フクザツな表情《ひょうじょう》になった。最下位《さいかい》に終わった悔《くや》しさと、シールがゼロではなかったうれしさが胸の中で入り交じる。

でも、たとえゼロだったとしても――。

絵を描《か》き直さなくてよかった。

うん。やっぱり、絶対《ぜったい》に、よかった。

そうだよな、と心の中でつぶやいて、自分がいちばんきれいだと信《しん》じている絵を、あらためて見つめた。

細かく描《か》き分けた灰色《はいいろ》の空の隣《となり》で、ピンク色の桜《さくら》の花がちょっとだけ遠慮《えんりょ》がちに、春の訪《おとず》れを告《つ》げていた。

ケンタの背中

ケンタは優《やさ》しいお兄ちゃんだった。

ケンタは小学三年生で、弟のカズオは幼稚園《ようちえん》の年長組だから、歳《とし》は三つ離《はな》れている。いたずら盛《ざか》りのカズオがケンタの邪魔《じゃま》をしたり、ワガママを言ったり、ケンタのオモチャを壊《こわ》してしまっても、ほんの一瞬《いっしゅん》ムッとしたり悲しそうな顔になったりするだけで、すぐに気を取り直して「いいよいいよ、だいじょうぶだよ」と許《ゆる》してくれる。

お母さんが「ケンタくん、ごめんね」とカズオの代わりに謝《あやま》ると、「ぜーんぜん平気」と、にっこり笑《わら》う。

お母さんとケンタは親子になったばかりだった。ケンタとカズオも兄弟になったばかり。

先週、お母さんはケンタのお父さんと結婚《けっこん》をして、カズオを連《つ》れて引っ越《こ》してきた。

お母さんの結婚《けっこん》は二度目だった。最初《さいしょ》の夫《おっと》――カズオのお父さんとは、いろいろなこととの気が合わなくて、離婚《りこん》をした。性格《せいかく》の不一致《ふいっち》というやつだ。

ケンタのお父さんの結婚《けっこん》も二度目。ただし、こちらは離婚《りこん》したのではない。最初《さいしょ》の奥《おく》さん――つまりケンタのお母さんが、おとし病気で亡《な》くなったのだ。

ケンタのお母さんは、みどりさんという。とても優《やさ》しい人だった、と生前《せいぜん》のみどりさんを知る誰《だれ》もが言う。

新しいお母さんにとっては、それがプレッシャーだった。絶対《ぜったい》に比《くら》べられてしまうし、絶対に勝てっこない。

それに、再婚《さいこん》する前にお父さんに言われていた。

「ケンタは赤ちゃんの頃《ころ》から、カンの強い子だったんだ」

カンシャクのカン――一度カンシャクを起こしてしまうと、激《はげ》しく泣《な》いて、暴《あば》れて、手がつけられなくなる。

「ふだんは元気で明るい子なんだけど、いったんキレると大変《たいへん》なんだ」

友だちをぶったり、蹴《け》ったり、突《つ》き飛《と》ばしたり、ひどいときには顔をひっかいたり、もっとひどいときには腕《うで》に嚙《か》みついたり……。

カンシャクをぶつける相手がいないときには、床《ゆか》や地面に寝《ね》ころがって、じ

たばたと両手両足を振《ふ》り回す。

「自分でもどうしていいかわからないんだよ。汗《あせ》びっしょりになって、息もゼエゼエさせて、それでもおさまらないんだ。とにかく体の中に湧《わ》いてくる、どす黒い泡《あわ》みたいなものを全部吐《は》き出さないと終わらないんだから」

キレてしまったケンタをなだめることができるのは、みどりさんだけだった。

「どんなふうになだめるの？」

「ごめん……あんなにあっけなく亡《な》くなるとは思わなかったから、なにも聞いてなかったんだよ」

みどりさんが亡《な》くなってからの二年間で、悲しさや寂《さび》しさのせいか、ケンタは何度もキレた。ウチの中でも学校でも。いままでよりもキレる間隔《かんかく》が短くなった。お父さんの言う、どす黒い泡《あわ》がどんどん湧《わ》いてくるようになったのだろうか。

お母さんは、一緒《いっしょ》に暮《く》らしはじめるまで、それが心配でしかたなかった。

だが、実際《じっさい》のケンタは、びっくりするほど素直《すなお》で、いい子だった。

「やっぱり、新しいお母さんができて、気持ちも落ち着いたのかもしれないなあ」

お父さんはホッとした様子だった。お母さんも一安心して、リビングに飾《かざ》ってあるみどりさんの写真に手を合わせ、心の中でお礼を言った。

見守っていてくださってありがとうございます、ケンタくんはあなたに似《に》て、ほんとうに優《やさ》しい子ですよ……。

ケンタがおこづかいを貯《た》めて買ったフォトフレームに収《おさ》められたみどりさんは、穏《おだ》やかに微笑《ほほえ》んでいる。けれど、その笑顔《えがお》はときどき、微妙《びみょう》に寂《さび》しそうにも見える。

その理由をお母さんが知るのは、家族になって一ヶ月が過《す》ぎた頃《ころ》だった。

幼稚園《ようちえん》にカズオを迎《むか》えに行って帰ってきたら、ケンタのクラス担任《たんにん》の先生から電話がかかってきた。

「わたしも今日、たまたま気づいたんですけど――」

先生はそう前置《まえお》きして、思いがけないことを伝《つた》えた。

「ケンタくんのおなかとか、腕《うで》の付《つ》け根とか……服に隠《かく》れて外から見えないところ、アザだらけなんです……」

どす黒い泡《あわ》は、ケンタの心の中から消えたわけではなかった。ただ、その吐《は》き出し方が、いままでとは違《ちが》っていた。

友だちをぶつ代わりに、自分のおなかや腋《わき》の下をつねった。アザが残《のこ》るほど強く、思いきり、ちぎれてもかまわないというぐらいの力を込《こ》めて、つねりつづけていたのだ。

床《ゆか》や地面に寝《ね》ころがって大声で泣《な》きわめく代わりに、誰《だれ》にもわからないようにじっと黙《だま》って、にこにこ笑《わら》って、自分で自分に暴力《ぼうりょく》をふるいつづけていたのだ。

お母さんは呆然《ぼうぜん》として、電話を切ったあともしばらく身動きできなかった。

もうじき帰ってくるはずのケンタをどんな顔をして、どんな言葉で迎《むか》えればいいいのだろう。「お母さん、オヤツないの?」とカズオに声をかけられても、いまは返事をする余裕《よゆう》すらない。

優《やさ》しくて素直《すなお》なお兄ちゃんだったケンタの笑顔《えがお》が浮《う》かんで、揺《ゆ》れて、ぷつん、と弾《はじ》けるように消える。

あんなにいい子だったのに——違《ちが》う、いい子になろうとしてくれていたのに。無理《むり》をしていたのだろうか。家族になったばかりの母親と弟に気をつかって、たくさん我慢《がまん》をして、言いたいことをいくつも飲み込《こ》んでいるうちに、どす黒い泡《あわ》が湧《わ》いてきて、それがあふれてしまっているのだろうか。キレてしまうと先生に叱《しか》られて、新しい家族に迷惑《めいわく》や心配をかけてしまうから、またグッと我慢をして、黙《だま》ったまま、自分で自分の体を痛《いた》めつけて、泡を消して……でも、消しても消しても、泡は次々に湧いてきて……。

ガチャン、と背後《はいご》で物が落ちる音がした。驚《おどろ》いて振《ふ》り向くと、椅子《いす》の上に立ったカズオが、「ごめーん、落っこちちゃった」と肩《かた》をすぼめた。

フローリングの床《ゆか》に落ちているのは、みどりさんの写真だった。カズオは棚《たな》の上にクッキーの箱があるのを見つけ、それを取ろうとして、そばにあったフォトフレームを落としてしまったのだ。

写真に傷《きず》はついていなかったが、アクリルのフレームの角が欠《か》けていた。タイミング悪く、そこにケンタが帰ってきた。先生からの電話を知らないケンタは、いつものように「ただいまー」と、元気に明るく言った。

お母さんは角の欠《か》けたフォトフレームをケンタに見せて、「大切なものなのに……ほんとうに、ごめんね」と謝《あやま》った。

カズオにも謝《あやま》らせたが、まだ幼《おさな》いカズオはお兄ちゃんに甘《あま》えて、冗談《じょうだん》めかした態度《たいど》で「ごめんなさーい」と軽く言うだけだった。

ケンタの顔が一瞬《いっしゅん》こわばった。だが、いつものように表情《ひょうじょう》はすぐに笑顔《えがお》に変《か》わる。どす黒い泡《あわ》が、また一つ、湧《わ》いてしまった。

「怒《おこ》っていいのよ！」

お母さんは思わず言った。「カズオはちゃんと謝《あやま》らなかったんだから、ケンタくんは怒《おこ》っていい！」

めちゃくちゃだ。自分でも思う。もしもケンタがほんとうに怒《おこ》って、キレて、カズオに暴力《ぼうりょく》をふるったら、今度はカズオの心に傷《きず》が残《のこ》ってしまうかもしれない……。

ケンタも困《こま》っていた。顔が怒《おこ》ったようにゆがみ、泣《な》きだしそうにゆがむ。そのときだった。

ねえ、と女の人の声が聞こえた。

両手をあの子の背中《せなか》に回して、あなたの体にしっかり抱《だ》き寄《よ》せてあげて——。

誰《だれ》が、どこから、話しかけているのか。考える間もなく、なにかに導《みちび》かれるように、お母さんはケンタの背中《せなか》に両手を回し、両手とおなかで挟《はさ》み込《こ》むように抱《だ》き寄《よ》せた。

背中《せなか》をさすってあげて——。

言われたとおり、背中《せなか》をさすった。

なにも言わなくていいから、円を描《えが》くように、ゆっくり、大きく、優《やさ》しくさ

すって――。

ああ、そうか、と気づいた。声の主《ぬし》が、わかった。

ケンタの背中《せなか》はカチンカチンに固《かた》かった。この子はこんなにもこわばった背中で毎日を過《す》ごしていたんだと思うと、せつなさに胸《むね》が一杯《いっぱい》になった。

ゆっくりとさすった。思いを込《こ》めて、さすりつづけた。すると、背中《せなか》のこわばりは少しずつほどけていった。どす黒い泡《あわ》が溶《と》けて、消える。ぱちん、ぷちん、ぴちょん、という感触《かんしょく》とも音ともつかないものが、手のひらに伝《つた》わる。

やがて、その背中《せなか》が震《ふる》えはじめた。ケンタが顔を押《お》しつけていたお母さんのおなかが、じんわりと熱《あつ》くなった。

泣《な》きだしたのだ。最初《さいしょ》は声を押《お》し殺《ころ》していたが、ほどなく嗚咽《おえつ》が交じるようになった。うん、そうだね。お母さんは目をつぶる。ケンタの背中《せなか》をこわばらせていた、どす黒い泡《あわ》の、ほんとうの正体がわかった。

お母さんはケンタとの隙間《すきま》を埋《う》めるように、抱《だ》きしめる手に力を込《こ》め、背中《せなか》をさする手のひらに、さらに深く思いを込めた。

泣《な》いていいよ、たくさん、たくさん、泣きなさい……。

「あれーっ？」

カズオがみどりさんの写真を指差《ゆびさ》して、のんきな声をあげた。「ねえねえ、このおばさん、さっきよりうれしそうに笑《わら》ってるんだけど、なんで？」

お母さんはカズオには返事をせず、代わりに目をつぶって、ありがとうございました、と声に出さずに言った。

ケンタをよろしく――。

最後《さいご》に語りかけた女の人の声は、写真の笑顔《えがお》よりもさらに優《やさ》しかった。

おねえさんが教えてくれた

「子どもたち、大広間に全員集合ーっ！」

みんなと庭で遊んでいたら、文恵《ふみえ》おばさんが縁側《えんがわ》から声をかけてきた。

「お年玉タイムでーす！」

二つ並《なら》んだ広間の襖《ふすま》をはずしてつくった何十畳《じょう》もある大広間では、おとなたちが新年会をしている。ウチのお父さんの実家の、おじいちゃんの代から続《つづ》く恒例行事《こうれいぎょうじ》だ。おじいちゃんはわたしが生まれる前に亡《な》くなっていたけど、いまは長男の健太郎《けんたろう》おじさんが、奥《おく》さんの文恵《ふみえ》おばさんと一緒《いっしょ》に取り仕切っている。

四人きょうだいの末《すえ》っ子のお父さんは、故郷《こきょう》から遠く離《はな》れた東京でお母さんと結婚《けっこん》して、わたしが生まれた。大晦日《おおみそか》や元旦《がんたん》は東京で過《す》ごすのが習わしだったけど、一月二日の新年会には家族そろって顔を出す。早起きして飛行機《ひこうき》で田舎《いなか》に向かい、宴会《えんかい》が終わるとその日のうちに最終便《さいしゅうびん》で東京に戻《もど》るのだ。

実家は商売をやっていて、親戚《しんせき》も多いので、宴会《えんかい》には三十人近くが集まる。お客さんが連《つ》れてくる子どもも、上は高校生から下は幼稚園《ようちえん》まで、毎年十人以上《いじょう》はいた。

「この子はイトコのなんとかちゃん」と名前や続柄《つづきがら》をすぐに言える子もいれば、顔と名前は知っていても、どういう関係《かんけい》なのかわからない子もいるし、初対面《しょたいめん》の子だって毎年一人か二人はいる。

一人っ子ということもあって、わたしはそのにぎやかさが大好《だいす》きだった。NHKの大河《たいが》ドラマに出てきそうな田舎《いなか》の古くて大きなお屋敷《やしき》も、たまに遊びに来るならテーマパークみたいで面白い。

うんと幼《おさな》い頃《ころ》のことは覚えていないけど、小学生になってからは、新年会をいつも楽しみにしていた。おばあちゃんとひさしぶりに会えるし、イトコたちとも遊べる。それになにより、お正月といえばお年玉だ。おとながたくさんいれば、お年玉も増《ふ》える。一人ずつの金額《きんがく》は少なくても、かわいい絵のついたポチ袋《ぶくろ》が何枚《なんまい》も集まるというだけで、うれしい。

「お年玉タイム」は、おとなたちが謹賀新年《きんがしんねん》の乾杯《かんぱい》をして、宴会《えんかい》が盛《も》り上がってきたタイミングで始まる。

子どもたちもその頃《ころ》になると、もうすぐだな、とそわそわしてくる。

文恵《ふみえ》おばさんが呼《よ》びに来ると、待ちに待ったお楽しみの時間の始まり――。の、はずだった。

でも、今年のわたしは、他の子のように「はーい！」と元気よく返事をすることができなかった。

みんなは一斉《いっせい》に庭から玄関《げんかん》に向かったけど、わたしは遊び道具の片付《かたづ》けを口実《こうじつ》に、最後《さいご》まで庭に居残《いのこ》った。大広間に行きたくないなあ、と庭の落ち葉をぼんやり見つめて、ため息をついた。

わたしは小学五年生になっていた。

低学年《ていがくねん》の頃《ころ》にはわからなかったことも、五年生になれば、少しだけ覗《のぞ》ける。

ポチ袋《ぶくろ》を集めるのは、今年は、いいや。

お年玉、欲《ほ》しくない。

「どうしたの？」

背中《せなか》に声をかけられて、振《ふ》り向いた。

中学生ぐらいのおねえさんが縁側《えんがわ》に座《すわ》っていた。初《はじ》めて会う人だった。さっきから縁側で一人で本を読んでいた。

「あの……行かないんですか？」

逆《ぎゃく》にわたしが訊《き》くと、「なにが？」と返された。そっか、初《はじ》めてだから知らないんだ、と気づいて、「お年玉タイム」のことを教えてあげた。

でも、おねえさんは「ふーん」とうなずくだけで立ち上がろうとはせず、読みかけの本に目を戻《もど》した。

「行かないんですか？」

同じ質問《しつもん》を繰《く》り返すと、あっさり「うん」と答える。

「なんで？」

「だって、べつに欲《ほ》しくないもん」

すごく簡単《かんたん》であたりまえのこと――「1たす1は2」「お日さまは東から昇《のぼ》って西に沈《しず》む」という話をしているような口調だった。

「そっちは？」

再《ふた》び、質問《しつもん》がこっちに戻《もど》ってきた。

不思議《ふしぎ》だった。

さっきまでは、みんなより少し遅《おく》れても大広間に行くつもりだった。本音《ほんね》では行きたくなくても、しかたない。お年玉をもらったら、去年までと同じように、にっこり笑《わら》って「ありがとうございまーす！」とお礼を言って、さっさとひきあげようと思っていた。

でも、おねえさんと短い会話を交わしたあとは、急にそれがばからしく思えてきた。

「わたしも行かないんです」

「そうなの？」

さすがに、おねえさんもちょっと驚《おどろ》いた様子で「お年玉、いらないの？」と続《つづ》けた。

「はい……欲《ほ》しくないから、いりません」

自分の声を自分で聞くと、なんだか自信《じしん》が湧《わ》いてきた。だいじょうぶ。間違《まちが》ってない。

おねえさんは「ふーん」とうなずいた。さっきはそっけない「ふーん」だったけど、いまのは、もっと温《ぬく》もりがあるというか、わたしに興味《きょうみ》を持ってくれた相槌《あいづち》だった。

「ここ座《すわ》る？」

自分の隣《となり》を指差《ゆびさ》した。

「……はい」

うなずくと、座《すわ》り直してわたしの場所を広げてくれた。ダウンジャケットのポケットから出した『のど飴《あめ》』を口に入れて、わたしにも一粒《ひとつぶ》くれた。レモン味の飴はすっぱくて顔がキュッとすぼまったけど、のどが潤《うるお》ったおかげでしゃべりやすくなった。

「あーあ、早く帰りたいなあ……」

おねえさんは庭を眺《なが》めてつまらなそうに言って、「って思ってる？」と不意《ふい》に訊《き》いてきた。いたずらっぽい笑顔《えがお》だった。いまのつぶやきはお芝居《しばい》だったのだろう。

正直に言うと、そこまでは思っていなかった。でも、おねえさんの誘《さそ》いに乗せられて「ちょっと……」と答えてしまった。

おねえさんはまた笑《わら》って、「わたしはすごーく思ってる」と言った。「もう、さっきから、帰りたくて帰りたくて、死にそう」

今度もお芝居《しばい》――かどうか、わからない。

でも、いいや。口の中で飴《あめ》を転がして、前歯の裏側《うらがわ》にカチカチ当てた。すっぱさが広がっていく。

「おねえさんは、誰《だれ》と一緒《いっしょ》に来たんですか？」

「あ、わたしは違《ちが》うから」

「違《ちが》うって、なにが？」

「来たんじゃないの。いるの、ずっと」

「ここに？」

「そう、ここにずーっといるの」

嘘《うそ》だ。この家に住んでいるのは、おばあちゃんと健太郎《けんたろう》おじさんと文恵《ふみえ》おばさんと、大学生の息子二人――拓也《たくや》くんと海斗《かいと》くん。それ以外《いがい》には誰《だれ》もいないはずだ。

でも、おねえさんは「こういう家って、いるんだよ」と言った。「田舎《いなか》の古くて広いお屋敷《やしき》って、なんか、いそうでしょ？　わたしみたいな子」

それって、つまり……。

聞いたことがある。

「ザシキワラシ？」

思わず声が出た。自分でしゃべったくせに、ひやっとして、腰《こし》が浮《う》きそうにもなってしまった。

おねえさんは黙《だま》って、読んでいた本の表紙をわたしに見せてくれた。

『日本の民話《みんわ》・昔ばなし集』

これがタネ明かしだったのだろう。

ザシキワラシとは、この地方に古くから伝《つた》わる子どもの妖怪《ようかい》で、古いお屋敷《やしき》に住みついている。ザシキワラシのいる家はお金持ちになるし、ザシキワラシを見た人には幸運が訪《おとず》れる。でも、イタズラが好《す》きで、たとえば「人数を数えたら確《たし》かに十一人いるのに、お菓子《かし》を配ったら十個で行き渡《わた》った」とか、その逆《ぎゃく》に「何度数えても十人なのに、十個のお菓子を配ると一つ足りなくなってしまう」といったことがあるのだという。

「小学生でザシキワラシを知ってるって、すごいね。勉強できるでしょ」

こんなふうにほめてもらっても、うれしくもなんとも……でも、やっぱり、うれしいかな……。

はにかむと、おねえさんも笑《わら》い返して、「お年玉が欲《ほ》しくない理由、よかったら教えてよ」と言った。

わたしはうなずいて、飴《あめ》を舌先《したさき》で軽くつついた。

半月ほど前、ウチの両親がケンカをした。ふだんから仲良《なかよ》しの二人は、たとえケンカになっても次の日にはケロッとしている。でも、そのときは仲直りするまで何日もかかったし、ほんとうはいまでも百パーセントの仲直りはできていないんじゃないか、という気もする。

ケンカの原因《げんいん》は、新年会のことだった。

もう行きたくない、とお母さんが言いだしたのだ。

急にそう思ったのではない。何年も前から嫌《いや》だった。去年は行きの飛行機《ひこうき》の中で胃《い》が痛《いた》くなったし、帰りの機中《きちゅう》では頭痛薬《ずつうやく》を服《の》んだ。今年はなんとか我慢《がまん》して出かけたけど、もう限界《げんかい》で、できれば、これからもずっと、行きたくない——。

お父さんはお母さんの訴《うった》えを、気持ちはよくわかるよ、と受け止めた。言いたいことはわかるし、申し訳《わけ》ないとも思っているけど、どうしようもないんだから我慢《がまん》してくれないか、と頼《たの》み込《こ》んだ。でも、お母さんは頑《がん》として聞き入れず、お父さんもだん

だん腹《はら》を立てて、途中《とちゅう》からは新年会の話はそっちのけで、ふだんの生活の不満《ふまん》をぶつけ合うことになってしまったのだ。

次の日も、その次の日も、両親は同じような言い争《あらそ》いを繰《く》り返した。

もちろん、わたしの前でケンカをするわけではない。そこはしっかりと考えていて、夜遅《よるおそ》く、わたしが寝《ね》たあとで口論《こうろん》をする。翌朝《よくあさ》、起きてきたときには、お互《たが》いになにごともなかったかのように「おはよう」と挨拶《あいさつ》してくれる。

でも、2LDKの賃貸《ちんたい》マンションでは、話し声はどうしても聞こえてしまう。

夜九時に「おやすみなさい」を言ってリビングから自分の部屋にひきあげても、低《てい》学年《がくねん》の頃《ころ》のように、ベッドに入ったとたんに、こてんと寝入《ねい》ってしまうわけでもない。最近《さいきん》は十時頃《ごろ》までベッドの中で本を読んでいるし、物語に夢中《むちゅう》になって十一時前まで起きていることもある。

いったん部屋の灯《あか》りを消しても、うとうとしているところに両親の言い争《あらそ》う声が聞こえたら、目が冴《さ》えて、もう眠《ねむ》れなくなる。しかも、低学年《ていがくねん》の頃《ころ》と違《ちが》って、いまのわたしはお芝居《しばい》だってずいぶん上手《うま》い。お母さんが部屋に入ってきて、ハナを啜《すす》りながら布団《ふとん》を掛《か》け直してくれるときも、「泣《な》いてるの？」と声をかけたいのをグッとこらえて寝《ね》たふりができるようにもなっていた。

三日めあたりには、お母さんが新年会に行きたくない理由も、お父さんが「我慢《がまん》してくれないか」と説得《せっとく》する理由も、だいたいわかってきた。

そして――。

言われてみれば確《たし》かに……と、思い当たることが次々によみがえってきたのだ。


「どういうこと？」

おねえさんに訊《き》かれて、ふと我《われ》に返った。

え、なんで、と驚《おどろ》いた。

わたしはなぜ、こんなことまで、初対面《しょたいめん》のおねえさんに話しているんだろう。お父さんもお母さんも、誰《だれ》にも知られたくないはずで、それはわたしもよくわかっているのに。

「なにがあったの？」

おねえさんは静《しず》かに訊《き》いた。優《やさ》しそうに微笑《ほほえ》んでいた。

わたしは、飴《あめ》を啜《すす》るようになめた。すっぱさに甘《あま》さが混《ま》じる。

まあいいか、と話を続《つづ》けた。

新年会はいつもにぎやかだったけど、大広間から聞こえてくる笑《わら》い声は、ほとんどが男の人のものだった。

健太郎《けんたろう》おじさんの声が一番大きくて、しゃべる回数もダントツ——テレビのバラエティ番組でいうなら、司会《しかい》とメインゲストとひな壇《だん》の芸人《げいにん》さんを、まとめて一人でやっているようなものだ。

もともと声が大きくて、よくしゃべるおじさんだけど、お酒が入るともっと元気になって、男の人の中では一番年上なのに、誰《だれ》よりもたくさんお酒を飲んで、明るく酔《よ》っぱらって、はしゃぐ。

小学一年生や二年生の頃《ころ》は、健太郎《けんたろう》おじさんのことが面白くて大好《だいす》きだった。わたしが手を叩《たた》いて笑《わら》うと、おじさんも喜《よろこ》んで、張《は》り切って、ますますおしゃべりの声が大きくなっていった。

でも、おじさんはほんとうに面白いことをしゃべっているわけではなかった。大広間にいるみんなが、おじさんに気をつかって笑《わら》っているだけだった。しかも、おじさんの話は、ほとんどが、その場にいる人の間抜《まぬ》けな失敗《しっぱい》を蒸《む》し返したり、誰《だれ》かの秘密《ひみつ》をいきなりみんなにばらしたり……言われた側《がわ》があせってしまうと、それをさらにからかって笑うのだ。

大広間にいない人の陰口《かげぐち》は、もう、きりがない。低学年《ていがくねん》の頃《ころ》は単純《たんじゅん》に大笑《おおわら》いしていたけど、今年は「あれ？」と思ったのだ。「本人がいないところで、そんなこと言っていいの？」と心配になったし、言われた人がかわいそうにもなった。

気になったのはほんの一瞬《いっしゅん》のことだ。帰りの飛行機《ひこうき》ではすっかり忘《わす》れていた。でも、両親の言い争《あらそ》いを聞いてそれを思い出すと、すごく嫌《いや》な気分になってしまった。

お母さんは「健太郎《けんたろう》さんが自分の力をいばりたいだけなのよ」と言った。「みんなに気をつかわせて、ビクビクさせて、本人だけがゴキゲンになって……そんなのおかしいと思わない？」

お父さんは、「まあ、でも、長男で、店も継《つ》いでるわけだから……」と言う。声しか聞こえなくても、苦しそうにしゃべっている顔が目に浮《う》かぶ。四人きょうだいの一番上の健太郎《けんたろう》おじさんと末《すえ》っ子のお父さんは、歳《とし》の差《さ》が十五もある。一緒《いっしょ》に遊んだことはないし、赤ちゃんの頃《ころ》はおじさんにおしめを替《か》えてもらったこともあるらしい。だから、たとえおかしいと思っても、おじさんにはなにも言えない。

「跡取《あとと》りとか、長男とか、本家《ほんけ》とか分家《ぶんけ》とか、嫁《よめ》とかなんとか……もう、ばかみたい」

「うん、まあ、そうなんだけど、田舎《いなか》だからしかたないっていうか……」

「あなたはそれが嫌《いや》だから、東京に出てきたんでしょう？　じゃあ、もういいじゃない、実家のことなんて」

「そういうわけにはいかないって」

難《むずか》しい話はよくわからない。

ただ、新年会には男の人の席《せき》はあっても、女の人の席はおばあちゃんにしか用意されていない。文恵《ふみえ》おばさんをはじめ、親戚《しんせき》の女の人はみんな、宴会《えんかい》のお酒を運んだり料理《りょうり》をつくったりで大忙《おおいそが》しで、ひと息ついてお菓子《かし》をつまむときも、大広間ではなく台所の近くの部屋を使う。

お母さんに言わせれば、その休憩《きゅうけい》時間も――むしろ、そっちのほうが疲《つか》れてしまうらしい。みんなが文恵《ふみえ》おばさんに気をつかって、お世辞《せじ》ばかり言う。文恵おばさんに張《は》り合えるのは健太郎《けんたろう》おじさんの妹の三津子《みつこ》さんだけで、その二人の意見が食い違《ちが》ったときには、まわりはどちらにつけばいいのか困《こま》ってしまう。遠い東京から日帰りで来るお母さんは、歳《とし》も若《わか》いし、田舎《いなか》の方言もよくわからないし、とにかく一年に一度か二度しか会わない人たちばかりなので、話を合わせるだけでも気疲《きづか》れでぐったりしてしまう……。

そんな愚痴《ぐち》を聞かされたお父さんは、「こっちだって大変《たいへん》なんだぞ」と言い返す。

大広間で宴会《えんかい》をする男の人たちも、ごちそうを食べてお酒に酔《よ》っぱらえばいいというものではない。たとえば、座《すわ》る席《せき》は最初《さいしょ》から決められていて、床《とこ》の間《ま》を背《せ》にした健《けん》太郎《たろう》おじさんが一番偉《えら》い人の席で、そこから相撲《すもう》の番付《ばんづけ》みたいに席が割《わ》り振《ふ》られている。末《すえ》っ子で、実家の商売とは関係《かんけい》ない仕事に就《つ》いていて、さらに田舎《いなか》に暮《く》らしているわけでもないお父さんは、いつも下《した》っ端《ぱ》の席――親戚《しんせき》と、仕事の付《つ》き合いで参加《さんか》している人の間になる。

「気をつかいどおしで、仕事の接待《せったい》よりもキツいんだからな」

「会社では主任《しゅにん》さんでも、田舎《いなか》に帰ると、みそっかす扱《あつか》いだもんね」

「なんだよ、その言い方」

「だってそうじゃない。雄次郎《ゆうじろう》さんにも三津子《みつこ》さんにも、ずけずけ言いたい放題に言われてるじゃない、あなた」

「……しょうがないだろ、歳《とし》の離《はな》れた末《すえ》っ子なんだから」

実際《じっさい》、お父さんはきょうだいから子ども扱《あつか》いされどおしだ。お父さんの名前は「幸《こう》四郎《しろう》」という。東京の我《わ》が家の表札《ひょうさつ》を見ると古風なまでに堂々《どうどう》としているけど、田舎《いなか》でおじさんやおばさんから「コウちゃん、ちょっと来て」「おい、コウ、もっと飲め」と呼《よ》ばれるのを聞くと、いかにも子分みたいだ。健《けん》太郎《たろう》、雄次郎《ゆうじろう》、三津子《みつこ》、幸四

郎——生まれた順番《じゅんばん》の一、二、三、四は、そのまま偉《えら》い順になってしまい、逆転《ぎゃくてん》することはありえないのだろう。

幼《おさな》い頃《ころ》は、ふだんはイバっているお父さんが「ちゃん」付《づ》けされるのが面白かった。おじさんやおばさんにキツいことを言われるのも、ツッコミを入れられたりイジられたりしているんだと思って、単純《たんじゅん》に笑《わら》っていた。でも、困《こま》った顔でぎこちなく笑い返すお父さんを見ていると、確《たし》かに今年は、ちょっとかわいそうにも感じていたのだ。もしも同じ光景《こうけい》を来年も見たら——こんなのイジメじゃん、と思うかもしれない。

「まあ、いろいろと肩身《かたみ》の狭《せま》いところはあるからな、こっちも」

「だからもう最初《さいしょ》から行かなきゃいいじゃない。きょうだいも親戚《しんせき》もたくさんいるんだから、ウチが無理《むり》して行く必要《ひつよう》ないでしょ」

「いや、でも、そういうものじゃないんだよ、正月の集まりっていうのは」

「あなたやわたしがいなくても誰《だれ》も気にしないし、かえって、遠慮《えんりょ》なく悪口が言えて、みんな喜《よろこ》ぶんじゃないの？」

「……そんな言い方するなよ」

知らなければよかった。

知りたくなかった。

わたしはずっと、お父さんもお母さんも、お正月に田舎《いなか》に帰るのを楽しみにしているんだと思っていた。日帰りで大変《たいへん》でも、親戚《しんせき》みんなが集まる宴会《えんかい》が好《す》きだから、毎年、わくわくしながら飛行機《ひこうき》のチケットを取っているんだ、都合さえつけばほんとうは一泊《ぱく》して、もっとゆっくり楽しみたいんだろうな……とまで思い込《こ》んでいたのだ。

でも、ほんとうはそうではなかった。

お父さんもお母さんも、しかたなく、嫌々《いやいや》ながら、まるで一年に一度の義務《ぎむ》をこなすように、お正月に日帰りしていたのだ。

両親のケンカは、最後《さいご》の最後は、こんなふうにまとまった。

「再来年《さらいねん》からのことはまた考えるにしても、とりあえず来年は一緒《いっしょ》に来てくれ」

お父さんが言った。「新しいマンションのこともあるんだし」

お母さんも、その言葉でひるんだように、「まあ、お世話になってるのは確《たし》かなんだけど……」と応《こた》えた。

「だろう？　なんだかんだ言って、健太郎兄《けんたろうにい》さんも、最後《さいご》はオレのことを考えてくれてるんだから」

「大きな貸《か》しをつくったと思ってるだけなんじゃないの？」

「おい、そういう考えって……」

「はいはい、わかりました」

その後、途切《とぎ》れ途切れに聞いた話をまとめて、なんとなくいきさつがわかった。

ウチは再来年《さらいねん》、わたしが中学に進学するタイミングで引っ越《こ》しをする予定だった。賃貸《ちんたい》ではなく分譲《ぶんじょう》で、もっと広いマンションに移《うつ》るのだ。両親は「来年はモデルルームをたくさん回って、一番いい物件《ぶっけん》を選《えら》ぼう」と張《は》り切っていて、わたしもすごく楽しみにしていたけど……どうやら、マンションを買うにあたっての頭金は、ウチの貯《ちょ》金《きん》から出すだけでなく、健太郎《けんたろう》おじさんにも助けてもらっているらしい。

がっかりした。いままで楽しみにしていたぶん、新しいマンションに引っ越《こ》すという夢《ゆめ》が急に色褪《いろあ》せてしまった。

知らなければよかった。

知りたくなかった。

お母さんは去年よりだいぶ遅《おく》れて、往復《おうふく》の飛行機《ひこうき》のチケットを取った。

その報告《ほうこく》を受けたお父さんは、ほっとして、言い訳《わけ》がましく言った。

「まあ、毎年、凜々花《りりか》も楽しみにしてるんだしな……よかったよ」

凜々花《りりか》――わたしのこと。

お母さんも「そうね」と応《こた》えた。「リリちゃんもみんなに会いたいだろうしね」

わたしのために、お父さんもお母さんも我慢《がまん》してくれたの？　わたしのせいで、お父さんもお母さんも、行きたくない宴会《えんかい》に行かなくちゃいけないの？

知らなければよかった。

知りたくなかった。

ほんとうに。


「しかたないよ」

おねえさんが言った。「それが、おっきくなるっていうことなんだから」

わたしは、こくん、とうなずいた。自分でも意外なほど素直《すなお》なしぐさになった。

「知らないままのほうがよかった？」

少し考えたけど、答えられなかった。

「じゃあ、ずーっと知らないままでいい？」

今度は首を横に振《ふ》った。

理由を訊《き》かれたら困《こま》るなあ、と心配していたら、まるで頭の中を覗《のぞ》き込《こ》んだみたいに、おねえさんは言った。

「理由なんてわかんないよね。わかんなくていいから」

よかった。びっくりするよりも、ほっとした。

口の中で飴《あめ》を転がした。だいぶ溶《と》けて小さくなった飴が、カチン、と前歯の裏《うら》に当たる。

最初《さいしょ》のうちはレモンのすっぱさしか感じなかったのに、いまはほんのりとした甘《あま》さが口に広がる。

おねえさんは「リリちゃんって、いま言われて思いだした」と懐《なつ》かしそうに笑《わら》った。

「わたし、あなたと新年会で会ったことあるよ。リリちゃんって呼《よ》ばれてた子がいたの覚《おぼ》えてる」

「……いつですか」

「四年前、わたしが来たの、それが最後《さいご》だったから」

小学一年生の新年会――まだなにも知らなくて、「お年玉タイム」が楽しみでしかたなかった頃《ころ》。

「リリちゃんはちっちゃかったから覚《おぼ》えてないと思うけど、お年玉をもらうとき、健《けん》太郎《たろう》おじさんを怒《おこ》らせた子がいたの」

そうだったっけ。あわてて思いだしてみたけど、なにも浮《う》かんでこない。

「その子って……」

わたしの質問《しつもん》を途中《とちゅう》でさえぎって、おねえさんは自分を指差《ゆびさ》した。

「五年生だったから、いまのリリちゃんとちょうど同じ」

そう言って、「いままで知らなかったことを、どんどん知っちゃう頃《ころ》なんだよねえ、五年生って」と、しょんぼりしたお芝居《しばい》をして笑《わら》った。


健太郎《けんたろう》おじさんは、えこひいきをする。

「お年玉タイム」で子どもたちを並《なら》ばせて、順番《じゅんばん》にお年玉を渡《わた》すときも、お気に入りの子とそうでない子は、はっきりと分かれている。

おじさんのポチ袋《ぶくろ》には渡《わた》す子の名前が書いてある。他のおとなたちは並《なら》んだ順《じゅん》に配るだけなのに、おじさんは、この子はこのポチ袋、と決めているのだ。

「リリちゃんは知ってた？」

「うん……」

おととし、三年生のときに気づいた。

「それってどういう意味だと思う？」

去年、四年生のわたしは、行列に並《なら》んでいるときに、もしかしたら……と考えたのだ。

「中に入ってるお金が違《ちが》う、とか」

おねえさんは「ピンポーン」と言った。正解《せいかい》。でも全然《ぜんぜん》うれしくないし、おねえさんの「ピンポーン」の声も、ちっともはずんでいなかった。

小学生と中学生で差《さ》をつけるのなら、よくある話だし、必《かなら》ずしも間違《まちが》ってはいない。でも、おじさんの差《さ》のつけ方は歳《とし》によるものではなかった。

去年の「お年玉タイム」のあと、また庭に戻《もど》って遊びの続《つづ》きをはじめようとしたら、中学生のイトコが三人集まって、金額《きんがく》を比《くら》べていた。雄次郎《ゆうじろう》おじさんと三津子《みつこ》おばさんのウチの子どもだから、みんな近所に住んでいて、健太郎《けんたろう》おじさんとも親しい。二人は男子で、どちらも中学一年生。一人は女子で、中学三年生。

そこまで話すと、おねえさんは「わたし、答え、わかるよ」と言った。

「……言ってみて」

「女子が一番少なくて、男子の二人は、はきはきして元気で明るい子のほうがたくさんもらえたんじゃない？」

すごい。みごとに大正解《だいせいかい》。

「昔からそうなんだよね。全然変《ぜんぜんか》わってない。どんなときでも男が一番で女は後ろに下がって、子どもは元気でニコニコ笑《わら》うのがあたりまえ……」

健太郎《けんたろう》おじさんだけでなく、新年会に顔を出すおじさんたちは、ほとんどみんな同じ。おねえさんはそう言い切って、「あそこまでわかりやすく差《さ》をつける人は、あのおじさんしかいないけどね」と苦笑《くしょう》した。

「おねえさんは、どういう関係《かんけい》なんですか。親戚《しんせき》とか、あと、仕事の関係とか……」

「だからさっき言ったでしょ、ザシキワラシだって」

「……まじめに教えてください」

「まじめだってば」

おねえさんはすまし顔で言って、ぺろりと舌《した》を出した。舌の上には、飴《あめ》が載《の》っている。不思議《ふしぎ》だった。おねえさんはわたしと一緒《いっしょ》に飴を口に入れたはずで、わたしの飴はもうずいぶん小さくなったのに、おねえさんのは最初《さいしょ》のサイズのまま——よく見てみようと思ったら、おねえさんはまるでそのタイミングを待っていたように舌を引っ込《こ》め、いたずらっぽく笑《わら》った。

その笑顔《えがお》を見た瞬間《しゅんかん》、消えていた記憶《きおく》がよみがえった。

わたしが一年生のときの新年会で、健太郎《けんたろう》おじさんにお年玉をもらってもちっとも喜《よろこ》ばず、お礼も言わなかった女の子が、確《たし》かにいた。

大広間の光景《こうけい》が浮《う》かぶ。鮮《あざ》やかすぎるぐらいくっきりと。

彼女《かのじょ》は行列の真ん中あたりにいた。わたしは後ろのほうだったので、彼女の背中《せなか》しか見えない。

自分の順番《じゅんばん》が来ると、彼女《かのじょ》は名前を告《つ》げた。声は聞こえなかった。おじさんはトランプみたいに束《たば》にして持ったポチ袋《ぶくろ》の中から、同じ名前の書かれた袋《ふくろ》を探《さが》して、渡《わた》した。

彼女《かのじょ》は黙《だま》ってお年玉を受け取り、小さく会釈《えしゃく》しただけで、おじさんの前から離《はな》れようとした。

おじさんは「おい、お礼がないぞ、お礼が」と呼《よ》び止めた。笑《わら》ってはいたけど、明らかにムッとしていた。

すると、彼女《かのじょ》は、おじさんにもわたしたちにも背中《せなか》を向けたまま言った。

「わたし、えこひいきって嫌《きら》いだから」

え――？

そこまで、言う？

自分で思いだしているのに、誰《だれ》よりも自分が驚《おどろ》いた。記憶《きおく》がよみがえるというより、これ、新しい出来事なんじゃないの――？

思いがけない一言に、おじさんは唖然《あぜん》とするだけだった。

そんなおじさんに、彼女はやっと振《ふ》り向いた。わたしにも顔が見えた——わたし自身の、いまの顔だった。

おかしい。絶対《ぜったい》におかしい。これ、夢《ゆめ》というか、幻《まぼろし》というか、ありえない……。

「ごめん、ちょっとトイレ行ってくるね」

おねえさんの声が、目に映《うつ》る光景《こうけい》をぷつんと消した。まるで、シャボン玉に針《はり》を刺《さ》してしまったみたいに。

「あ……うん、どうぞ……」

寝起《ねお》きのときと同じ、ぼうっとした感覚《かんかく》に包《つつ》まれた。おねえさんが立ち上がって家の中に姿《すがた》を消すのも、ぼんやりと、実感のないまま見送っただけだった。

おねえさんを待っているうちに、小さくなっていた飴《あめ》が、溶《と》けきった。レモンの香《かお》りのする唾《つば》を呑《の》み込《こ》むと、ほんのりした甘《あま》さと、もっとかすかなすっぱさが、最後《さいご》に口の中をすべって、消えた。

縁側《えんがわ》に出てくる人の気配がした。

おねえさんではなかった。

「ちょっと、リリちゃん!」

お母さんだった。「みんな待ってるのよ、なにやってるの！」

大広間から駆《か》けてきたのだろう、息が荒《あら》い。あせっている。

「健太郎《けんたろう》おじさんも、凜々花《りりか》ちゃんはどうした、って。早くお年玉を渡《わた》したくて、楽しみにしてるんだから」

「……うん」

「おとしだっけ、その前だっけ、お年玉をもらったときにレベランスしたでしょ」

言われて思いだした。そうだ、バレエ教室に通っていた二年生のとき、お父さんからバレエの話を聞いたおじさんにリクエストされて、片脚《かたあし》を後ろに下げて白鳥のポーズでおじぎをした。それをおじさんはとても気に入って、大喜《おおよろこ》びしていたのだ。

「おじさん、また見せてほしいんだって」

「……えーっ？」

思いきりしかめっつらになってしまった。

「そんなの言われても困《こま》る。バレエ教室、三年生でやめてるし」

「でも、レベランスぐらいはできるでしょ。まだ覚《おぼ》えてるよね？」

「それはそうだけど……」

もう、おじさんの前でそんなポーズは取りたくない。でも、いまのお母さんの様子だと、そのリクエストに応《こた》えるかどうかでおじさんのゴキゲンが決まってしまいそうだし、それは、おそらく、今日の新年会のことだけでは終わらないのだろう。早く早く、とせかされた。お年玉なんていらないとは、とても言えそうにない。

知らなければよかった。

知りたくなかった。

ほんとうに、まったく、心の底《そこ》から。

おねえさんはまだ姿《すがた》を見せない。最初《さいしょ》は時間稼《かせ》ぎをしておねえさんを待つつもりだったけど、もう戻《もど》ってこないのかもしれないな、と思い直した。

しかたなく立ち上がり、お母さんのあとについて大広間に向かった。

途中《とちゅう》で一つだけ——。

「ねえ、わたしが一年生のときの『お年玉タイム』で、健太郎《けんたろう》おじさんを怒《おこ》らせた女の子がいたの、覚《おぼ》えてない？」

お母さんはきょとんとして「そんなことあった？」と言った。

「なかった？」

「うん……だって、もしそんなことがあったら忘《わす》れるわけないし、健太郎《けんたろう》おじさんを子どもが怒《おこ》らせるなんて、ないないないない」

手振《てぶ》り交じりに打ち消したお母さんは、「あ、でも――」と足を止めた。「一年生のときよね？　あの年は、ちょっとヘンなことがあったのよ」

「どんな？」

「お年玉のポチ袋《ぶくろ》が足りなかったの」

　新年会の前に子どもたちの数を確認《かくにん》してポチ袋《ぶくろ》を用意した。行列に並《なら》ぶ数も数えたし、ポチ袋の数もちゃんと確《たし》かめた。だいいち、ポチ袋には名前がついているのだから、間違《まちが》って別《べつ》の子に渡《わた》すようなことはありえない。

「でも、最後《さいご》に一枚《まい》足《た》りなくなったの。不《ふ》思議《しぎ》だなあ、おかしいなあ、って……結局《けっきょく》そのときは、おじさんが酔《よ》っぱらって数え間違《まちが》えたんだろうってことで終わったんだ

けど」

お母さんはそう言って、「でも、考えてみると……」と首をひねった。「最初《さいしょ》は文恵《ふみえ》おばさんが用意したわけだし、やっぱりヘンよねえ」

もっとも、推理《すいり》を巡《めぐ》らせている時間の余裕《よゆう》はなかった。お母さんは「ま、いっか」と歩きだす。わたしも、薄暗《うすぐら》い天井《てんじょう》の梁《はり》を見上げ、クスッと笑《わら》ってから、あとを追う。

おねえさんの言葉がよみがえる。

しかたないよ。それが、おっきくなるっていうことなんだから――。

大広間が近づいてきた。おじさんたちの笑《わら》い声が聞こえる。あいかわらず健太郎《けんたろう》おじさんはおしゃべりの中心にいるようだ。お父さんも、いつものように肩身《かたみ》の狭《せま》い思いをしているのだろう。

お母さんはわたしの耳元で早口に言った。

「レベランス、嫌《いや》だったら嫌でいいからね」

わたし自身、まだどうするか決めていない。

でも、台所に戻《もど》るお母さんに「だいじょうぶ、ありがとう」と笑《わら》って応《こた》えたら、肩《かた》の力がすうっと抜《ぬ》けた。

大広間の襖《ふすま》の前で立ち止まり、深呼吸《しんこきゅう》をした。鼻の奥《おく》に残《のこ》っていたレモンの香《かお》りが胸《むね》いっぱいに広がって、消えた。

襖《ふすま》を開ける。大広間のにぎわいと明るさにたじろぎながら、わたしはゆっくりと歩きだした。

タケオの遠回り

最初《さいしょ》は、コスモスを見たいからという理由だった。

僕《ぼく》たちの小学校の学区内には、広い河原《かわら》のある川が流れている。その河原の一角がコスモス畑になっていて、花の盛《さか》りの時季《じき》はあたり一面が赤紫色《あかむらさきいろ》に染《そ》め上げられて、とてもきれいなのだ。

「ヒロシ、見に行こう」

タケオに誘《さそ》われた。

「まだ咲《さ》いてるかなあ」と僕《ぼく》は首をひねった。コスモスが咲きはじめるのは九月の初《はじ》めで、いまはもう十月の下旬《げじゅん》だった。

「だいじょうぶだよ、行こう行こう」

僕《ぼく》とタケオは六年三組のクラスメートの中でも一番の仲良《なかよ》しで、家が同じ方角にあるので、学校の帰り道はいつも一緒《いっしょ》だった。

「じゃあ、一回ウチに帰ってから……」

「そうじゃなくて、帰りに行こう」

「寄《よ》り道？」

「うん、だってウチに帰ってまた出かけるのって、面倒《めんどう》くさいだろ」

「でも……」

河原《かわら》に寄《よ》るのは、ずいぶん遠回りになってしまう。

学校を出て、タケオと別《わか》れる三叉路《さんさろ》まで、ふだんは商店街《しょうてんがい》を通って帰る。一年生の子もいる朝の集団登校《しゅうだんとうこう》では歩道のある別《べつ》の道を使っているけど、帰りは商店街を通ったほうが近道なのだ。でも、河原《かわら》を回ると、三角定規《さんかくじょうぎ》の二辺《にへん》を歩くような格好《かっこう》になってしまう。十分足らずですむはずの道のりが、二十分……三十分以上《いじょう》かかるかもしれない。だったら一度ウチに帰ってから自転車で出かけたほうが早いし、楽だ。

「そうしない？」

時間がかかるのを説明《せつめい》してから、もう一度訊《き》いてみた。

ところが、すぐに納得《なっとく》して、賛成《さんせい》するだろうと思っていたタケオは、急に不機嫌《ふきげん》になって、「じゃあいいよ、オレ一人で行くから」と歩きだした。

「わかったわかった、付《つ》き合う」

あわてて追いかけた。びっくりした。ふだんのタケオはこんなに短気じゃないし、ワガママでもない。なにかオレ、怒《おこ》らせるようなこと言ったっけ？

学校を出ると、タケオはあっさり機嫌《きげん》を直して、むしろふだんより元気におしゃべりをした。いつもとは違《ちが》う道を歩くのがすっかり気に入ったみたいで、「へえ、こんなところにパン屋さんがあったのか」「ここの公園、遊びやすそう」と声をあげた

――パン屋さんも公園も、学校帰りは初《はじ》めてでも、自転車では、その前を何度も通りかかっていたのだけど。

河原《かわら》のコスモスは、ピークの時季《じき》ほどではなかったけど、まだたっぷり咲《さ》いていた。もっとも、コスモス畑として区切られた一角を除《のぞ》くと、あたりはセイタカアワダチソウの黄色い花が咲《さ》き誇《ほこ》っていた。セイタカアワダチソウは、「セイタカ」という名前どおりに背《せ》が高い植物だ。コスモス畑を管理《かんり》する市役所は、畑の周囲《しゅうい》をレンガ敷《じ》きにして、せっかくのコスモスの花がセイタカアワダチソウに隠《かく》されないように工夫《くふう》していた。

「コスモス、きれいだよな。やっぱり来てよかっただろ？」

タケオはうれしそうに、ちょっと自慢《じまん》するみたいに言った。

僕《ぼく》はうなずいて、「でも――」と言った。「セイタカアワダチソウ、邪魔《じゃま》だよな」

あの黄色い花がなければ、きっとコスモスの花の赤紫色《あかむらさきいろ》は、もっと鮮《あざ》やかに見えただろう。

「知ってる？」と、僕《ぼく》は少し前にお父さんから聞いた話をタケオに伝《つた》えた。

セイタカアワダチソウは外来植物だった。明治《めいじ》時代にアメリカから持ちこまれた。とても生命力が強かったので、この国の気候風土《きこうふうど》にしっかり馴染《なじ》んで繁殖《はんしょく》した。

さらに、セイタカアワダチソウは、まわりの植物が育つのを邪魔《じゃま》する力を持っている。根っこから、他の植物の生長《せいちょう》を邪魔する化学物質《かがくぶっしつ》を分泌《ぶんぴつ》するのだ。だから、もとからある草花をどんどん追い払《はら》って、自分たちの縄張《なわば》りを広げていく。河原《かわら》や空き地、耕《たがや》す人のいなくなった田畑は、そんなふうにして、いまではすっかりセイタカアワダチソウの天下になってしまったのだ。

「お父さんの子どもの頃《ころ》は、この河原《かわら》も、もっとススキが生えてたんだって。でも、セイタカアワダチソウが来たら、どんどん枯《か》れていっちゃって……」

生存競争《せいぞんきょうそう》に負けたんだ、とお父さんは言っていた。動物でも植物でも、自然《しぜん》の世界は、僕《ぼく》たちが思っているよりもはるかに生きていくのが厳《きび》しいのだという。

「セイタカアワダチソウって、よそ者のくせに生意気だと思わない？」

理科の得意《とくい》なタケオだから、絶対《ぜったい》に興味《きょうみ》を持つと思って話したのに、反応《はんのう》は鈍《にぶ》かった。しゃべっている僕《ぼく》ではなく、河原《かわら》のほうを見たまま、「うん……」と相槌《あいづち》を打って、て、それっきりだった。

なにかヘンだ。絶対《ぜったい》にヘンだ。いつものタケオとは違《ちが》う。気になっても「どうしたんだよお」と軽くは訊《き》けない、訊いたら本気で怒《おこ》りだす、そんな雰囲気《ふんいき》が横顔や背中《せなか》から感じられる——それが、なによりも、いつものタケオとは違うところだった。

帰り道は予想以上《よそういじょう》に時間がかかって、三叉路《さんさろ》に着くまでに四十分以上もかかってしまった。まあ、一日だけならいいか……と思っていたら、別《わか》れぎわにタケオは「明日もコスモスを見に行こう」と言った。

「じゃあ、明日はウチに帰ってから自転車で行こうよ」

今度もだめだった。タケオはまたムスッとした顔になって「帰りに寄《よ》る」と言い張《は》ったのだ。「嫌《いや》だったら来なくていいよ」

「……べつに嫌《いや》じゃないけど、寄《よ》り道したら帰りが遅《おそ》くなるし、自転車のほうが楽だろ」

「もういい、オレ一人で行くから」

怒《おこ》って帰ってしまった。

どうしたんだろう。僕《ぼく》たちは幼稚園《ようちえん》の頃《ころ》からの付《つ》き合いだけど、いつものタケオはほんとうに、もっと明るくて、おおらかで、自分の意見を無理《むり》やり押《お》し通すようなヤツじゃないのに……。

次の日の放課後《ほうかご》、タケオはやっぱり「河原《かわら》を回って帰ろう」と誘《さそ》ってきた。迷《まよ》ったけど付《つ》き合うことにした。コスモスはどうでもいい。タケオがどうして急に寄《よ》り道をするようになったのか、理由を探《さぐ》りたかった。

学校を出るとタケオは昨日《きのう》と同じようにご機嫌《きげん》になって、寄《よ》り道の途中《とちゅう》で目にする建物《たてもの》や街路樹《がいろじゅ》を「うおおっ、豪邸《ごうてい》！　億万長者《おくまんちょうじゃ》のウチじゃないの？」「イチョウの樹《き》だろ、これ。ギンナン拾えるよ、すげーっ」と、大げさすぎるほどほめたたえた。

さらに、その次の日も――。

三日続《つづ》けて付《つ》き合っても、タケオが河原《かわら》にこだわる理由はわからないままだった。しかも、コスモス畑をあとにして土手道を歩いているときに「明日も行こうぜ」と誘《さそ》われた。

三叉路《さんさろ》で別《わか》れるときに、思いきって理由を訊《き》くと、タケオは「コスモスがきれいだから見たいんだよ」と言って、「文句《もんく》あるのか？」とにらんできた。

さすがに僕《ぼく》もアタマに来て、にらみ返して言った。

「明日は用事があるから、行かない」

タケオは一瞬《いっしゅん》、途方《とほう》に暮《く》れた顔になった。なにか言いたそうに口が動いたようにも見えた。でも、声にはならない。代わりに「べつにいいよ」とだけ言って、ダッシュで帰ってしまった。

ちょっと待ってくれよ、どうしたんだよ、なにかあったのか――？

僕《ぼく》の訊《き》きたかった言葉も声にはならずに、まるくなったタケオの背中《せなか》が遠ざかっていくのを、ただ見送ることしかできなかった。

＊

もう、四十年以上《いじょう》も前のことになる。

遠い昔の思い出話だ。

僕《ぼく》の幼《おさな》なじみの少年と、子ども好《ず》きで気さくな惣菜屋《そうざいや》さんについての話でもある。

＊

次の日、つまり四日目の昼休み、給食当番《きゅうしょく》だった僕《ぼく》は、コンビを組んだマサヤと二人で、食器《しょっき》のカゴを教室から給食室まで運んだ。その途中《とちゅう》、マサヤが「平和銀座《へいわぎんざ》の看板《かんばん》と貼《は》り紙、どう思う？」と訊《き》いてきた。「すごいよなあ。昨日《きのう》見て、びっくりしちゃったよ、オレ」

僕《ぼく》とタケオがふだん学校帰りに通っている商店街《しょうてんがい》のことだ。戦後間《せんごま》もない頃《ころ》にできたから、もう二度と戦争《せんそう》はしたくないという思いを込《こ》めて「平和」と名付《なづ》けられた。

「看板《かんばん》、って？」

「知らないの？　ヒロシ、いつも平和銀座《へいわぎんざ》を通ってなかったっけ」

「うん……そうだけど、ちょっといま、別《べつ》の道を通って帰ってるから」

マサヤは理由まで詮索《せんさく》することはなく、話を先に進めた。

平和銀座《へいわぎんざ》のお店は、まとまりのよいことで知られている。みんなでお金を出し合って空き店舗《あきてんぽ》を事務所《じむしょ》として借《か》り上げ、しょっちゅう寄《よ》り合いを開いて、商店街《しょうてんがい》全体のセールやお祭り、新聞広告《しんぶんこうこく》などを決めるのだ。

その事務所《じむしょ》に、新しい看板《かんばん》が掲《かか》げられた。

『明るく健全《けんぜん》な平和銀座《へいわぎんざ》を守る会』

ワケがわからない。

明るく健全《けんぜん》な――あらためて言われなくても、そうだと思う。

平和銀座《へいわぎんざ》を守る――ということは、いま、なにかのピンチなの？

きょとんとする僕《ぼく》に、マサヤは「じゃあ教えてやるよ」と言った。クラスで一番勉強のできるマサヤは、おとなの世界の話にもくわしい。

「でも、食器《しょっき》を運んだあとだな。廊下《ろうか》で大きな声でしゃべると、誰《だれ》に聞かれるかわからないし」

「聞かれるとだめなの？」

「人によっては、けっこうまずいかも」

マサヤはそう言って足を止めた。

「念《ねん》のために確認《かくにん》するけど、ヒロシの名前とか苗字《みょうじ》って、ホンモノ？」

「……はあ？」

口をぽかんと開けた。もっとワケがわからなくなった。

でも、その反応《はんのう》がむしろ正解《せいかい》だったのか、マサヤは安心したみたいに笑《わら》って、「あとで教えてやるから」と歩きだした。


両親によると、平和銀座《へいわぎんざ》は僕《ぼく》が赤ん坊《ぼう》の頃《ころ》まではけっこう栄《さか》えていたらしい。でも、小さな個人商店《こじんしょうてん》がほとんどなので、品揃《しなぞろ》えや安さでは大手のチェーン店に太刀打《たちう》ちできない。駅前にデパートやアーケード街《がい》ができると、遠くから来るお客さんをあっけなく奪《うば》われてしまい、よく言えば地元密着型《じもとみっちゃくがた》、正直に言えばさびれた商店街になってしまった。

実際《じっさい》、空《あ》き店舗《てんぽ》を取り壊《こわ》したあとの更地《さらち》が、この一、二年で何ヶ所も増《ふ》えた。学校帰りに通りかかっても、どの店もたいして繁盛《はんじょう》しているようには見えない。

ただ、そのぶん雰囲気《ふんいき》がのんびりしていて、お店の人たちもみんな親切で気さくだった。毎日学校帰りに通っていると、名前は知らなくても顔なじみになって、「おう、お帰り」と声をかけてくれる人がたくさんいる。『コジマ薬局』のおばさんには夕立のときに傘《かさ》を借《か》りたこともあるし、お弁当《べんとう》やおかずを売っている『やまちゃん』のおじさんは、ときどき僕《ぼく》とタケオを呼《よ》び止めて、「揚《あ》げすぎちゃったから、おやつにしろよ」と、イカのすり身を小さく丸めて揚げた名物料理《めいぶつりょうり》の『やまちゃんボール』をごちそうしてくれる。

そんな平和銀座《へいわぎんざ》で、もうすぐ大がかりな工事が始まる。更地《さらち》に挟《はさ》まれたお店を買い取ってできた広い土地にビルが建《た》つことになったのだ。

「でも、それで大騒《おおさわ》ぎになったんだ。商店街《しょうてんがい》はみんな猛反対《もうはんたい》して、市議会《しぎかい》の議員《ぎいん》さんに相談したりして」

教室のベランダからグラウンドを眺《なが》めながら、マサヤが言った。

「なんで反対するの？」

僕《ぼく》は首をひねって訊《き》いた。「新しい店が増《ふ》えるのはいいことじゃないの？」

「中身によるだろ」

「中身って？」

「そのビルに入るの、どんな店だと思う？」

「……本屋さん、とか」

個人的《こじんてき》な願望《がんぼう》を込《こ》めて言うと、マサヤは「そんなのだったら誰《だれ》も反対なんかするわけないだろ」と苦笑《くしょう》して、答えを教えてくれた。

十八歳未満《さいみまん》、立ち入り禁止《きんし》――。

昼間よりも夜、それも遅《おそ》い時間のほうがにぎわう――。

きれいな女の人を相手に酔《よ》っぱらいたい人や、勝負ごとで景品《けいひん》やお金を稼《かせ》ぎたい人が通《かよ》い詰《つ》める――。

新しく建《た》つビルには、そういう店が何軒《なんげん》も入る。

「商店街《しょうてんがい》のみんなが怒《おこ》って反対してる理由、わかるだろ?」

「うん……」

「まあ、反対するのは自由だし、ウチの母ちゃんも学区の中にそんな店があるのは迷惑《めいわく》だって言ってたから、べつにいいんだけど」

『明るく健全《けんぜん》な平和銀座《へいわぎんざ》を守る会』の看板《かんばん》のまわりには、〈絶対《ぜったい》反対!〉〈風紀《ふうき》を乱《みだ》すな!〉などと大きな文字で書かれたチラシも、事務所《じむしょ》の外壁《がいへき》を覆《おお》い尽《つ》くすようにたくさん貼《は》られていた。中には、ビルの建設《けんせつ》計画を進めている会社がいかにいままで悪いことをしてきたかを書いたものまであった。

社長の名前もあった。

〈○○○こと、△△△社長は――〉

「名前が二つあるんだ。一つが、ふだん使ってるニセモノの名前で、もう一つが、みんなには秘密《ひみつ》にしてるホンモノの名前」

マサヤのお母さんはそれを見て、びっくりしていたらしい。

「あの会社、あっちの人がやってるんだ……って」

あっち――。

隣《となり》の国のことだと、マサヤが教えてくれた。

この国には、隣《となり》の国から移《うつ》り住んできた人が何十万人もいる。

「市内にも意外とたくさんいて、いろんな仕事をしてるんだ」

でも、その人たちの多くは、隣《となり》の国の言葉を使ったホンモノの名前を隠《かく》しているのだという。

「だから、なかなかわからないんだけど……けっこう身近なところにもいるんだって。みんな似《に》たようなニセモノの苗字《みょうじ》を使うから、慣《な》れれば見分けられるって、父ちゃんが言ってた」

僕《ぼく》はなにも知らなかった。

だからすぐに「なんで？」と訊《き》いた。「なんで名前を隠《かく》してるの？」

「差別《さべつ》されるからだよ」

「なんで？」

「だって――」

マサヤは言いかけた言葉を呑《の》み込《こ》み、急にばたばたとしたそぶりになって、「あとは自分の父ちゃんとか母ちゃんに訊《き》けよ」と早口に言った。「オレがしゃべったってこと、絶対《ぜったい》に誰《だれ》にも言うなよ、いいな！」

なぜ口止めするのかわからないまま、僕《ぼく》はマサヤの剣幕《けんまく》に気おされて、うなずくだけだった。


その日の放課後《ほうかご》、タケオは僕《ぼく》を誘《さそ》わず、一人で河原《かわら》のほうに向かった。僕《ぼく》も一人で帰った。平和銀座《へいわぎんざ》を通ると、ビル建設《けんせつ》反対のチラシは事務所《じむしょ》だけでなく、一軒《いっけん》一軒の店先や電柱にも貼《は》ってあった。同じ言葉のチラシはどれも文字の形が揃《そろ》っているので、コピーを取ったのだろう。

マサヤが言っていたとおり、社長の二つの名前を書いたチラシもある。それを見たとき、ランドセルを背負《せお》った肩《かた》がキュッとすぼまり、思わず「うそ……」と声が漏《も》れそうになった。

社長がふだん使っている苗字《みょうじ》は、タケオの苗字と同じだったのだ。偶然《ぐうぜん》だよな、と肩《かた》の力を抜《ぬ》いて笑《わら》った。だってタケオのお父さんは会社勤《かいしゃづと》めだし、市内に親戚《しんせき》がいるという話も聞いたことないし。

でも、歩きだしてしばらくすると、昼休みにマサヤから聞いた言葉がよみがえった。みんな似《に》たようなニセモノの苗字《みょうじ》を使うから――。

肩《かた》がまたこわばってきた。

次の日、僕《ぼく》はまたタケオに付《つ》き合って河原《かわら》に回った。はっきりと仲直《なかなお》りしたわけじゃなくても、タケオが「オレ、またコスモス見て帰るけど」と言って、「じゃあオレも」と僕が応《こた》えれば、それで元通り――僕たちはずっと、そんなふうに友だち付《づ》き合いをしてきたのだ。

平和銀座《へいわぎんざ》のチラシの話は、僕《ぼく》からはなにも言わなかった。タケオも言わない。そもそも平和銀座の話題そのものを、まったく口にしなかった。

タケオは河原《かわら》を通る道をすっかり気に入って、「ここ、いいよ」「やっぱり川は景色《けしき》がきれいだよな」と何度も何度も繰《く》り返す一方で、僕《ぼく》がわざと「平和銀座《へいわぎんざ》、先週から全然《ぜんぜん》通ってないな」と口にすると、たちまち機嫌《きげん》が悪くなってしまった。

だから、やっぱりそうなのかなあ、と思った。

タケオはチラシを見たくないのだ。

ということは、つまり……。

そこで考えるのをやめた。ドアをバタンと閉《し》めるように、思いを巡《めぐ》らせるのを止めた。これ以上踏《いじょうふ》み込《こ》んではいけない。

マサヤが急に話を切り上げた気持ちも、なんとなくわかった。よけいなことまで話してしまった、と気づいたのだろう。やめればよかった、と悔《く》やんで、怖《こわ》くなったのだろう。

僕《ぼく》も怖《こわ》くなった。失敗《しっぱい》したあとで「いまのノーカン、ノーカン」と取り消すみたいに、最初《さいしょ》からなにも聞かなかったことにしたい。

なぜそう思うのか。理由は、よくわからなかったけれど。

＊

液晶《えきしょう》テレビの画面に、隣《となり》の国の人たちを口汚《くちぎたな》く罵《のの》しりながら歩くデモ隊《たい》の様子が映《うつ》し出される。

日曜日の夜のニュースだ。

この日もまた、都内の大通りでヘイトスピーチが撒《ま》き散《ち》らされた。濁《にご》った憎悪《ぞうお》や澱《よど》んだ悪意が、休日の午後の青空をズタズタに切り裂《さ》いてしまう。

デモ隊《たい》で目立っているのは若者《わかもの》たちだったが、それはカメラの撮《と》り方のせいかもしれない。悪びれもせずに隣《となり》の国の人たちを虫けら呼《よ》ばわりする若い連中《れんちゅう》の背後《はいご》には、驚《おどろ》くほど多くの中高年の姿《すがた》が映《うつ》り込《こ》んでいた。

僕《ぼく》と同世代の人は何人参加《さんか》しているのだろう。もしかしたら知り合いがいるかもしれない。絶対《ぜったい》に、断《だん》じて、なにがあってもいない——とは言えないのが、悔《くや》しくて、哀《かな》しくて、情《なさ》けなくて、怖《こわ》い。

我《わ》が家の息子《むすこ》と娘《むすめ》は、すでに成人《せいじん》して社会に出た。この国と隣《となり》の国との歴史《れきし》も、国《こく》民同士《みんどうし》の感情《かんじょう》も、隣の国からこの国に移《うつ》り住んだ人たちの置《お》かれた立場も、移り住むにあたっての事情《じじょう》の数々も、一般常識《いっぱんじょうしき》の範囲内《はんいない》ではあっても理解《りかい》しているはずだ。間違《まちが》ってもヘイトスピーチをする側《がわ》に回ってはいない——と、信《しん》じている。

「子どもたちには見せたくないね、こういうの……」

妻《つま》がため息交じりに言うそばから、テレビカメラは、デモ隊《たい》を反対側《はんたいがわ》の歩道から見つめる幼《おさな》い女の子を映《うつ》し出した。まだ小学校に上がる前だろうか。おびえた顔をして、お母さんの腰《こし》に抱《だ》きついていた。

「いまの子、もし隣《となり》の国の子だったらすごくかわいそうだし、そうじゃなくても、心の傷《きず》になっちゃうような気がする」

「うん……」

僕《ぼく》はうなずいたあと、心の中で続《つづ》けた。

でも逆《ぎゃく》に、見せられたおかげで、わかることもあるのかもしれない——。

四十数年前の、ランドセルを背負《せお》った僕《ぼく》が浮《う》かぶ。なあ、そうだよな、と声をかけると、あの頃《ころ》の僕は黙《だま》ってうなずいた。

*

タケオの遠回りは続《つづ》いた。僕《ぼく》も毎日タケオに付《つ》き合った。

半月ほどすると、河原《かわら》のコスモスの花はさすがにほとんど枯《か》れてしまって、「コスモスがきれいだから見に行こう」という遠回りの理由がキツくなってきた。

すると、タケオは「どんぐりがたくさん拾えるんだよ」と、途中《とちゅう》に小さな雑木林《ぞうきばやし》がある別《べつ》の道を見つけてきた。今度の道も、平和銀座《へいわぎんざ》を避《さ》けた遠回りだった。

「たまただよ、たまたま通って見つけたんだ」

何度も「たまたま」を強調していたからこそ、わかった。いったん帰宅《きたく》したあと、一人で自転車に乗って出かけて、新しい道を探《さが》したのだろう。

さっそく二人で寄《よ》り道をして、雑木林《ぞうきばやし》でどんぐりをたくさん拾った。ミノムシも見つけた。

「どうだ？　いいだろ、この道」

「うん、いいな」

「明日からもこっち通ろうぜ」

「うん……わかった」

このルートなら河原《かわら》に寄《よ》るほどの時間はかからない。秋が深まって陽が暮《く》れるのが早くなったので、助かる。僕《ぼく》も付《つ》き合いやすい——いや、たとえ川を渡《わた》ってしまうような、もっと長い距離《きょり》の遠回りになったとしても、僕はタケオに付き合っただろう。

六年三組の教室では、タケオについてのウワサ話が、タケオのいないところで広がっていた。

平和銀座《へいわぎんざ》のトラブルは、もうみんなが知っている。ビルのオーナーの社長に名前が二つあることも、ニセモノの苗字《みょうじ》がタケオの苗字と同じだというのも、ひそひそ声で教室中に伝《つた》わっていった。

でも、誰《だれ》もタケオには直接訊《ちょくせつき》かない。「もしかして、タケオ、もう一つ苗字《みょうじ》があったりする？」「タケオって、ほんとは隣《となり》の国の出身なの？」——算数の授業《じゅぎょう》でわからないところを質問《しつもん》するより、ずっと簡単《かんたん》なのに。

マサヤは「ヒロシが訊《き》けばいいんだよ」と僕《ぼく》に押《お》しつけてくる。「だって帰りはいつも一緒《いっしょ》だし、他のヤツがいないときのほうがタケオも正直に言いやすいんじゃないか？」

正直に、という言葉にムッとした。タケオが嘘《うそ》をつくかもしれないと疑《うたが》っている。なんだよそれ、と文句《もんく》をつけようとしたら、マサヤは先回りして話を続《つづ》けた。

「まあ、でも、正直に言うと損《そん》するから、言わないかな……」

一人で答えを出して、「それはそうだよな、ふつう言わないよなあ」と一人で納得《なっとく》して、「訊《き》くとかわいそうだもんな、タケオが」と笑《わら》った。

正直に言うと損《そん》する――。

訊《き》くとかわいそう――。

息苦しくなった。胸《むね》の入り口に蓋《ふた》をされたみたいだった。

この国と隣《となり》の国が昔どういう関係《かんけい》で、いまはどういう関係なのか、僕《ぼく》はまだしっかりとわかっているわけではない。

でも、それぞれの国の人たちが相手に対してどんな感情《かんじょう》を抱《いだ》いているかは、もう、なんとなく、わかる。

だから、最近《さいきん》タケオのことを考えると、息が苦しくなってしまう。

頭で知っていることに心が追いつかないせいなのか。それとも逆《ぎゃく》に、頭が理解《りかい》できていないのに心が揺《ゆ》れ動いているからなのか。どっちなのだろう。

マサヤに言われるまでもなく、僕《ぼく》だって学校帰りに何度も訊《き》こうとしたのだ。確《たし》かに二人きりのときだとタケオも話しやすいだろうし、なにより、僕たちはクラスで一番の仲良《なかよ》しなのだ。

でも、訊《き》けない。「あのさ、タケオ……」と話しかけるところまではできても、「なに？」と振《ふ》り向いて返されると、目をそらして、まったく違《ちが》う話をしてしまう。

答えを知るのが怖《こわ》い。

怖《こわ》いと思うことがそもそも間違《まちが》いなんだと、頭では知っているのに心が追いつかない。

どうして怖《こわ》いと思ってしまうのだろう。説明《せつめい》できない。二つの国のことを僕《ぼく》はまだ知らなすぎる。頭では理解《りかい》できていないのに、心は激《はげ》しく揺《ゆ》れ動いて、止まらない。

こうなったら、いっそ、タケオが自分から言ってくれればいいのに。やつあたりめいたことを思って、ふと気づく。

もしもタケオが隣《となり》の国の出身なんだと打ち明けたら――。

僕《ぼく》はどんな顔をして、どんな返事をすればいいのだろう。

頭でも、心でも、わからない。

ビル建設《けんせつ》をめぐるトラブルは、なかなか収《おさ》まらなかった。商店街《しょうてんがい》の始めた反対運動は、近所の町内会や小中学校のPTAまで巻《ま》き込《こ》んで広がっていった。

チラシが何種類《なんしゅるい》もつくられて、街《まち》のあちこちに貼《は》られたり配られたりした。ほとんどは生活環境《かんきょう》を守ろうと訴《うった》えたり、子どもへの悪影響《あくえいきょう》を心配したりする内容《ないよう》だったが、中にはひどいものもある。

十一月の半ばに郵便受《ゆうびんう》けに入っていたチラシは、ビルのオーナーになる会社の社長が隣《となり》の国――「あっち」の出身だというのを、いかにも後ろめたい秘密《ひみつ》を持っているように書いて、だからあの会社は悪いんだと決めつけていた。

会社から帰ってきた父がそれを郵便受《ゆうびんう》けから取り出して、居間《いま》に入るなり怒《おこ》った声で言った。

「反対運動は大事だけど、こういうやり方はだめだ、絶対《ぜったい》に」

母は「貼《は》り紙にはもっとひどいのもあるのよ」と言った。「今日PTAの見回りで見つけて、大変《たいへん》だったんだから」

僕《ぼく》はテレビに見入っているふりをしながら、両親の話に聞き耳を立てた。

母たちが見つけた貼《は》り紙も、ひどい内容《ないよう》だった。社長の国籍《こくせき》と、ニセモノの名前を使っていることを、とんでもない悪事を暴《あば》き立てるように書いたうえに、太いペンで〈早く出て行け!〉と書き殴《なぐ》ってあったのだ。

「さすがにPTAでも問題になって、商店街《しょうてんがい》の事務所《じむしょ》に申し入れたのよ。こんなのを子どもたちが見たらどうするんですか、って」

すると、事務所《じむしょ》の人も困《こま》り顔になって、内幕《うちまく》を教えてくれた。

商店街《しょうてんがい》の何人かが、「あっち」に特《とく》に悪い感情《かんじょう》を持っていて、事務所《じむしょ》に無断《むだん》でチラシをつくっている。そのチラシがとにかくひどい。ビルの計画に反対するという目的《もくてき》も忘《わす》れて、ひたすら「あっち」を罵《ののし》り、社長だけでなく「あっち」から来た人すべてを誹謗中傷《ひぼうちゅうしょう》する。〈早く出て行け！〉どころか、危害《きがい》を加《くわ》えると脅《おど》したチラシまであるのだという。

「おい、そんなの脅迫《きょうはく》だぞ。こっちのほうが警察《けいさつ》に捕《つか》まるんじゃないか」

「事務所《じむしょ》の人も困《こま》って、その人たちと話をしてみたんだって」

「どうだった？」

「……だめだった」

諭《さと》すどころか、反論《はんろん》された。

「あっち」の出身者が昔からいかに悪いことをしてきたか、自分たちがどれほど迷惑《めいわく》をかけられ、騙《だま》され、裏切《うらぎ》られてきたか……。切々と訴《うった》える人もいたし、怒号《どごう》でまくしたてた人もいた。話す途中《とちゅう》で悔《くや》しさが募《つの》って号泣《ごうきゅう》してしまった人までいたらしい。

「同じ商店街《しょうてんがい》の身内でも、お互《たが》いに初《はじ》めて聞く話ばかりだったみたい。戦争《せんそう》の前も、戦争中も、戦争に負けてからも、『あっち』とはいろいろあったから……言いたくなかったんだって。でも、商店街に乗り込《こ》んでくるんだったら、もう黙《だま》っていられない、って」

「いや、でも、その会社と直接揉《ちょくせつも》めたわけじゃないんだろ?」

「うん、それはそうなんだけど」

「だったら関係《かんけい》ないだろ。どこの国だっていい人もいるし、悪いヤツもいる。ひとまとめになんかできるわけない」

「まあ、正論《せいろん》を言えばそうなんだけど……」

グループの一人は、「このまま甘《あま》い顔をしてつけあがらせると、商店街《しょうてんがい》を乗っ取られるぞ」とまで言って、「あっち」の出身者を、セイタカアワダチソウに重ねた。もともと河原《かわら》の主役だったススキが、外国からやって来たセイタカアワダチソウに追い払《はら》われてしまったように、平和銀座《へいわぎんざ》もこのままだと……。

母の話に、息が詰《つ》まりそうになった。タケオと初《はじ》めて河原《かわら》に寄《よ》り道をした日、僕《ぼく》もセイタカアワダチソウの話をしてしまった。タケオはなにも言わなかった。でも、胸《むね》の奥《おく》ではどんなことを思っていたのだろう。

結局《けっきょく》、問題になったチラシは商店街総出《しょうてんがいそうで》で回収《かいしゅう》したり剝《は》がしたりして、今度からは事務所《じむしょ》が認《みと》めないチラシは公共《こうきょう》の場所に貼《は》らないことになった。

「でも、自分の店に貼《は》るって言うのよ、そのグループは。自分の店の中なんだから文《もん》句《く》ないだろう、って」

事務所《じむしょ》の人たちも、それ以上《いじょう》は強く言えなかった。

「あそこの商店街《しょうてんがい》、パッとしなかったけど、みんな仲《なか》が良《よ》かったじゃない。でも、今度のことでバラバラになっちゃって……事務所《じむしょ》の中でも、そのグループに同情《どうじょう》してる人もいるし、そうじゃない人もいるし、ビルの計画が取りやめになったとしても、ずーっとしこりが残《のこ》っちゃうような気がするけど」

父は「こういうのは、いろんな価値観《かちかん》がぶつかり合うからな」と言いながらも、最《さい》後《ご》の最後に釘《くぎ》を刺《さ》すように付《つ》け加《くわ》えた。

「でも、考え方はどうであっても、『出て行け』って言われたほうはつらいよ。自分が言われるほうになったら……って、少しは考えればいいのになあ……」

＊

父は、この国が「あっち」を併合《へいごう》していた時代に生まれて、父親——つまり僕《ぼく》の祖《そ》父《ふ》の仕事の都合で、幼《おさな》い頃《ころ》に「あっち」に移《うつ》り住んだ。でも、この国は戦争《せんそう》に負けてしまい、父の家族もこのまま「あっち」で暮《く》らすわけにはいかなくなって、両親やきょうだいとともに何ヶ月もかけて、大変《たいへん》な思いをして、この国に帰ってきた。

当時の父は十二歳《さい》だった。五人きょうだいの二番目で、「あっち」から戻《もど》ってくる途中《とちゅう》、末《すえ》っ子の妹を栄養失調《えいようしっちょう》で亡《な》くしてしまった。

その頃《ころ》のことを、父はほとんど話さなかった。自分から切り出すことは決してなかったし、母や僕《ぼく》が訊《き》いても、断片的《だんぺんてき》にしか答えてくれない。食い下がって訊《き》くと、「もう忘《わす》れた」で話を終えてしまう——七十歳《さい》で生涯《しょうがい》を閉《と》じるまで、ずっと、そうだった。

＊

次の日の夕方、僕《ぼく》はウチに帰ったあと、一人で歩いて平和銀座《へいわぎんざ》に出かけた。ゆうべの両親の話を聞いて、どこの店にひどいチラシが貼《は》ってあるのか確《たし》かめたかったのだ。商店街《しょうてんがい》はあいかわらず閑散《かんさん》としていた。ただし、のどかな雰囲気《ふんいき》はすっかり消え失《う》せてしまった。

どこを見ても、店先や電柱に貼《は》られたチラシの〈絶対反対《ぜったいはんたい》〉の文字が目に飛《と》び込《こ》んでくる。事情《じじょう》を知っている人はもちろん、なにも知らない人にも商店街《しょうてんがい》にたちこめる重苦しさが伝《つた》わって、とても買い物を楽しむ気分にはなれないだろう。

あんなビルの建設《けんせつ》計画さえなければ、いままでどおり、さびれていても、温かい商店街《しょうてんがい》でいられたはずなのに。

あの会社が金儲《かねもう》けを狙《ねら》ったせいで――というのは、僕《ぼく》も思う。あの会社の社長が「あっち」の出身だろうと、そうでなかろうと。

でも、「もしも」の話を、ふと思った。

ビルに入る店はそのままでも、もしも計画を立てた会社が名門の大企業《だいきぎょう》だったら、平和銀座《へいわぎんざ》のみんなは、いまみたいに〈絶対反対《ぜったいはんたい》〉のチラシをこんなにべたべたと貼《は》ったたろうか。

重苦しさがさらに増《ま》す。

この商店街《しょうてんがい》を少しずつ嫌《きら》いになっていることに、僕《ぼく》は自分でも気づいていた。

しばらく歩いて、僕《ぼく》の足は止まった。

探《さが》していたチラシがあった。

〈早く出て行け！〉

ここにだけは、あってほしくない。そう願《ねが》っていた場所で見つけてしまった。

「あっち」から来た人たちの居場所《いばしょ》を奪《うば》い去ろうとするチラシは、『やまちゃん』の店先に貼《は》ってあったのだ。

おじさんは外からも見える厨房《ちゅうぼう》で揚《あ》げものをしていた。冬場でも揚げ場は暑いのだろう、肌着《はだぎ》の丸首シャツ一枚《まい》で、タオルをねじり鉢巻《はちま》きにして、黙々《もくもく》と菜箸《さいばし》を動かし、揚げ網《あみ》を揺《ゆ》すって油切りをする。

揚《あ》げているのは『やまちゃんボール』だった。夕食前の書き入れ時に備《そな》えて、つくり置《お》きしているのだろう。

揚《あ》げ網《あみ》で油を切った『やまちゃんボール』をバットに移《うつ》したおじさんは、仕事にひと息ついて顔を上げ、不意《ふい》にこっちを見た。とっさに歩きだそうとしたけど、足がすくんで動かない。そっぽを向いて視線《しせん》をかわすこともできなかった。

おじさんは僕《ぼく》に気づくと、よお、と笑《わら》った。僕はしかたなく、小さく会釈《えしゃく》をした。

そのまま立ち去ろうとしたけど、おじさんは挨拶《あいさつ》だけではすまず、店の外に出てきた。にこにこ笑《わら》っている。小太りで、丸顔で、髪《かみ》がちょっと薄《うす》くて、細い垂《た》れ目が笑《わら》うといっそう細くなり、眉毛《まゆげ》ごとさらに垂《た》れ下がって……僕《ぼく》とタケオはこっそり「マンガ顔」と呼《よ》んでいた。

そんな人なつっこいおじさんの顔を、いまはまともに見られない。

「ひさしぶりだなあ、元気だったか？」

おじさんは笑《わら》って言った。でも、僕《ぼく》はうつむいた顔を上げられない。必死《ひっし》に頬《ほお》をゆるめて笑い返したけど、おじさんには見えなかったかもしれない。

「最近《さいきん》ずっと顔を見てなかったから、心配してたんだぞ。どうしたんだろう、病気にでもなっちゃったかなあ、って」

優《やさ》しい人なのだ、おじさんはほんとうに。

「相棒《あいぼう》の子も元気か?」

タケオのこと――。

「二人ともウチの前を通らなくなったから、おじさん、寂《さび》しかったんだぞお」

おどけて身をくねらせる真似《まね》をしたおじさんは、がははっと豪快《ごうかい》に笑《わら》ってから、

「ちょっと待ってろ」とショーケースの裏《うら》に回った。

明るい人で、陽気な人で、誰《だれ》かに向かって「早く出て行け!」と言ったりするような人では決してない……はずだったのだ。

おじさんはバットに山盛《やまも》りされた『やまちゃんボール』にトングを伸《の》ばし、惣菜《そうざい》袋《ぶくろ》に一つ放り込《こ》んだ。僕《ぼく》がそれを見ているのを確かめると、いたずらっぽく目配せして、もう一つ。さらに、串《くし》に刺《さ》したウズラの卵《たまご》のフライも、うやうやしい手つきで袋《ふくろ》に入れてから、外に出てきた。

「おやつにしろよ。ひさしぶりだから、おまけ付《つ》きだ」

「……ありがとう」

受け取った惣菜袋《そうざいぶくろ》は、ほんのりと温かかった。袋《ふくろ》の口に封《ふう》をするのにシールやテー

ダト 160
ダニ 70
煮 110
100
菜 90
ぷら 130
70
ル 100

プを使わず、何重にも折《お》り畳《たた》んで、そこを持ち手にするのが『やまちゃん』の流儀《りゅうぎ》だ。

「野菜《やさい》がないからお母さんにはナイショだし、おやつを食っても、晩《ばん》ごはんはちゃんとしっかり食べるんだぞ」

おじさんは、いつもの台詞《せりふ》を、いつものように笑顔《えがお》で言う。でも、おじさんは、もう、いつもの――いままでのおじさんではない。

「相棒《あいぼう》の子もいればよかったのになあ。べつにケンカしたわけじゃないんだろ？　今度また一緒《いっしょ》に商店街《しょうてんがい》を通って帰ればいいし、遊びに来てもいいんだからな」

「……はい」

「ああそうだ、ボク、名前なんていうんだっけ。顔しか知らないからなあ」

一瞬《いっしゅん》、胸《むね》が跳《は》ね上がりそうになった。

だいじょうぶ、オレ関係《かんけい》ないから、と自分に言い聞かせ、安心させて、苗字《みょうじ》を口にした。

「……スギモト、です」

おじさんは「おっ、カッコいいな」と笑《わら》った。そんなの、誰《だれ》にも言われたことがない。おじさんも適当《てきとう》に調子良《ちょうしよ》く言っただけなのだろう。

それよりも――「相棒《あいぼう》の子は？」と訊《き》かれたらどうしよう。タケオの苗字《みょうじ》を伝《つた》えて、もしもおじさんの表情《ひょうじょう》が変《か》わったら、僕《ぼく》はいったいどうすればいいのだろう。胸《むね》がまた跳《は》ね上がる。しかも、何度も。

そこにちょうど、お客さんがお弁当《べんとう》を買いに来た。

おじさんは「じゃあな、スギモトくん、しっかり勉強しろよ」と笑《わら》って、小走りに店に戻《もど》った。

僕《ぼく》はその背中《せなか》に会釈《えしゃく》して、惣菜袋《そうざいぶくろ》の持ち手を強く握《にぎ》りしめた。

ほっとするのと同時に、後悔《こうかい》が湧《わ》き上がってきた。

どうして受け取ったのだろう。「こんなの欲《ほ》しくない」と断《ことわ》ればよかったのに。受け取ったあとで放り投げてもよかったのに。いま、袋《ふくろ》の上から『やまちゃんボール』を押《お》しつぶして、捨《す》てて帰ることだってできるのに。受け取ってしまった。お礼まで言ってしまった。

まだ間に合う。いまから捨《す》てればいい。おじさんの見ていないところでこっそり捨てればいい。こんなもの、もらう理由がないし、食べても美味《おい》しくないし、とにかくタケオに申し訳《わけ》ない。タケオはイカのすり身のぷりぷりした食感を気に入っていて、僕《ぼく》よりもずっと『やまちゃんボール』の大ファンで、だからこそ、こんなものをもらってはいけなかったのだ。

でも、なにもできないだろう。自分でもわかる。僕《ぼく》はこのまま惣菜袋《そうざいぶくろ》を持って商店街《しょうてんがい》を抜け、公園のベンチで『やまちゃんボール』とフライを食べるだろう。タケオがいれば半分ずつにできたけど、一人分のおやつとしては多すぎるので、晩《ばん》ごはんのときは残《のこ》さないようにがんばって食べるだろう。『やまちゃん』でおやつをもらったことや、店先にひどいチラシが貼《は》ってあったことは、両親にもタケオにも話さないだろう。もしもタケオの苗字《みょうじ》を教えたら、おじさんはどんな顔になって、どんなことを言ったのか。僕はこれからずっと、おとなになっても、それをときどき思いだして、いろいろなことを考えてしまうだろう。

＊

すべて、そのとおりになった。

＊

『やまちゃん』から、とぼとぼとした足取りでまた歩きだした。胸《むね》に抱《だ》いた惣菜袋《そうざいぶくろ》の温《ぬく》もりを持て余《あま》しながら何軒《なんげん》か進むと、僕《ぼく》の足はまた止まってしまった。

『コジマ薬局』の前だった。白衣《はくい》を着たおばさんが、店の中に置《お》いたストーブを囲《かこ》んで、客のおばあさんと話している。二人とも丸椅子《まるいす》に腰《こし》かけているので、のんびりと世間話をしているのだろう。

でも、ガラス張《ば》りの壁《かべ》に貼《は》られた風邪薬《かぜぐすり》や胃薬《いぐすり》のポスターの横には、ビルの社長が二つの名前を持っていることを暴《あば》き立てるチラシが貼《は》ってあった。

さらにその隣《となり》には、こんな手書きの紙も――。

〈にわか雨でお困《こま》りの方、遠慮《えんりょ》なく声をかけてください。傘《かさ》をお貸《か》しします〉

＊

セイタカアワダチソウが、生態系《せいたいけい》を破壊《はかい》する悪者扱《わるものあつか》いされていた時代は、それほど長くはなかった。

僕《ぼく》が小学校を卒業《そつぎょう》した一九七〇年代後半には社会問題になっていて、気管支喘息《きかんしぜんそく》や花粉症《かふんしょう》の原因《げんいん》だと誤解《ごかい》までされて、とにかく徹底的《てっていてき》に忌《い》み嫌《きら》われていたのだが、十年ほどたって時代が平成《へいせい》になった頃《ころ》には、繁殖《はんしょく》の勢《いきお》いはずいぶん衰《おとろ》えてしまった。

土が痩《や》せた。ちょうど根を張《は》る深さの土に栄養《えいよう》を蓄《たくわ》えてくれていたモグラやネズミが、開発や農薬の使用のために激減《げきげん》してしまうと、もうそれまでのようには勢《いきお》いよく育つことができなくなったのだ。

他の植物の生長《せいちょう》を邪魔《じゃま》する化学物質《ぶっしつ》も、分泌《ぶんぴつ》されて土に染《し》み込《こ》み、ある濃度《のうど》を超《こ》えると、今度はセイタカアワダチソウ自身に障害《しょうがい》を与《あた》えるようになる。つまり、人間が大騒《おおさわ》ぎしようと放っておこうと、そもそもセイタカアワダチソウの天下は永遠《えいえん》に続《つづ》くものではなかったのだ。

セイタカアワダチソウが勢《いきお》いを失《うしな》った河原《かわら》では、再《ふたた》びススキが広がっている。僕《ぼく》のふるさとの河原《かわら》もそうだ。

コスモス畑は平成《へいせい》の後半には市の観光《かんこう》の目玉に位置付《いちづ》けられて、どんどんスペースが広げられた。最近《さいきん》は市内や県内はもちろん、遠くの大都市圏《だいとしけん》からもお客さんがたくさん来るのだという。セイタカアワダチソウはいまも秋になると黄色い花をつけているが、もはや目くじらを立てて刈《か》り取るほどの邪魔《じゃま》ものでもない。

「コスモスの赤紫色《あかむらさきいろ》に、セイタカアワダチソウの黄色って、けっこうきれいなんですよ」

何年も一人暮《ひとりぐ》らしを続《つづ》けてきた母が、いまお世話になっている特別養護老人《とくべつようごろうじん》ホームの介護士《かいごし》さんは、そう言って屈託《くったく》なく笑《わら》うのだ。

＊

十二月に入ると、陽が暮《く》れるのはさらに早くなり、雑木林《ぞうきばやし》で遊んでいると明るいうちに家に帰り着けなくなってしまった。

タケオは新しい遠回りのルートを探《さが》してきた。今度は途中《とちゅう》で遊ぶ場所はない。代わりに、目の詰《つ》まったあみだくじみたいに、細い路地をジグザグに曲がるのだという。

「途中《とちゅう》で、庭の柿《かき》がたくさん生《な》ってる家があるんだよ」

でも、もちろん、その柿《かき》を採《と》って食べるわけにはいかないし、この時季《じき》まで実が残《のこ》っているのは渋柿《しぶがき》なのかもしれない。

「あと、大きな犬を飼《か》ってる家がある。すぐ吠《ほ》えるけど、太い鎖《くさり》で繋《つな》がれてるからだいじょうぶ」

怖《こわ》いだけで、ちっとも面白くない。

「それと、あとは……あとは……」

タケオも言葉に詰《つ》まって、「とにかく行けばわかるよ、行こう」と言った。

細い路地なら、電柱や壁《かべ》に貼《は》ったチラシを目にしなくてすむ。

僕《ぼく》は笑《わら》ってうなずいて、一緒《いっしょ》に歩きだす。

角を何度も曲がった。右折《うせつ》と左折《させつ》を細かく繰《く》り返したので、いまどっちの方角に向かっているのかわからなくなってしまった。

タケオは先に立ってずんずん進む。迷《まよ》ったり記憶《きおく》をたどったりというそぶりもなく、歩きつづける。

最初《さいしょ》は複雑《ふくざつ》な道順《みちじゅん》をしっかり覚《おぼ》え込《こ》んでいることにびっくりしたけど、やがて、もしかしたら……と思いはじめた。タケオは思いつくまま、なんのあてもなく曲がっているだけなのかもしれない。

まあいいか、と僕《ぼく》はタケオの後を追って歩きつづけた。

また曲がった。

すると、道は袋小路《ふくろこうじ》になってしまった。

タケオは舌打《したう》ちして僕《ぼく》を振《ふ》り向くと「悪い……」と謝《あやま》った。「おかしいなあ、間違《まちが》えちゃったかなあ、うっかりしちゃったよ」

やっぱりな、と確信《かくしん》した。他のみんなはともかく、僕《ぼく》とタケオなら、口調や表情《ひょうじょう》で嘘《うそ》かどうかはわかる。僕たちは幼《おさな》なじみで、クラスで一番の仲良《なかよ》しで、あと半年足らずで中学生になるのだから、そろそろ「親友」にもなれるのだろう。

「べつにいいよ。さっき曲がったところまで戻《もど》ろう」

笑《わら》って言うと、タケオは「そうだな」と笑い返し、でも歩きだすことはなく、立ち止まったまま言った。

「言うの忘《わす》れてたけど、オレ、三学期から転校する。父ちゃんが転勤《てんきん》になったから、引っ越しなんだ」

引っ越《こ》す先は遠い街《まち》だった。僕《ぼく》たちの街よりずっと大きくて、この国で何番目という大都会だ。

急に言われて、僕《ぼく》はただ驚《おどろ》くだけでなにも言えなかった。

タケオは逆《ぎゃく》に、話す内容《ないよう》や順番《じゅんばん》を最初《さいしょ》から決めていたみたいに、落ち着いて続《つづ》けた。

「オレ、知ってたから」

「……なにが？」

「オレの名前とか、国籍《こくせき》とか、三組のヤツらみんなウワサでしゃべってただろ。わかるんだよ、そういうの、意外と」

タケオは「みんな」という言い方をした。「おまえら」や「ヒロシたち」ではなく、責《せ》めるような目付《めつ》きでもなかった。勝手に気まずくなった僕《ぼく》が謝《あやま》ろうとしたら、「いいんだよ、べつに怒《おこ》ってるんじゃないから」と言って、さらに続《つづ》けた。

「平和銀座《へいわぎんざ》で、どんな人がどんなことを言ってるのかも、わかってる」

全然《ぜんぜん》あそこ平和じゃないよなあ、と付《つ》け加《くわ》え、つまらなそうに笑《わら》い、ゆるんだ頬《ほお》をすぐに引き締《し》めて、言った。

「オレのほんとの名前、教えてやる」

口にした苗字《みょうじ》は、あのビルのオーナーの社長のホンモノの苗字と同じだった。

僕《ぼく》は黙《だま》って小さくうなずいた。それ以外《いがい》の反応《はんのう》はなにもできなかった。以前から思っていたとおり、僕は頭でも心でも、ほんとうはなにもわかっていなかったのかもしれない。

表情《ひょうじょう》をなくした僕《ぼく》に、タケオは笑《わら》って「いいんだよ」と言って、歩きだした。

路地を歩きながら、話は続《つづ》く。

タケオの父方の祖父母《そふぼ》は、四十数年前に隣《となり》の国から海を渡《わた》ってきた。この国で出会い、結婚《けっこん》をして、タケオの父親が生まれた。

「だから、父ちゃんは、自分の国なのに『あっち』に行ったことがないんだ」

一方、母親は二十年ほど前――だから戦争《せんそう》が終わったあと、両親とともに隣《となり》の国から移《うつ》り住んだ。

「だから、母ちゃんはいまでも『あっち』のことが懐《なつ》かしくて、たまに帰りたがるよ」

そんな両親の子どもであるタケオは――。

「よくわかんないよ」

そう言ったあと、「全然《ぜんぜん》わかんない」と強めて繰《く》り返し、「だってオレ、『あっち』のことなんて知らないし、『あっち』の言葉もしゃべれないのに、国籍《こくせき》は『あっち』なんだもんなあ……」と笑《わら》った。

僕《ぼく》は笑《わら》い返せない。でも、黙《だま》ったままでいると胸《むね》に蓋《ふた》をされて息苦しくなってしまいそうだったので、かろうじて、一つだけ訊《き》いた。

「自分でも、前から知ってたの？」

「そんなことない。けっこう最近《さいきん》だよ。三年生のときになんとなく聞かされて、四年生のときにはもっと詳《くわ》しく説明《せつめい》してもらって、ああ、そうなんだ、って……」

四つ角に来て、曲がった。

「まあ、ショックはショックだったけど、昔からときどき、じいちゃんやばあちゃんは知らない言葉でしゃべってたし、父ちゃんや母ちゃんもおとな同士《どうし》のときは『あっち』の言葉が出てたから……食べるものとか、お正月の行事とか、いろんなことが、ああ、そういうことだったのか、って……」

タケオは淡々《たんたん》と話した。自然《しぜん》とその口調になったのか、そうやって話そうと自分で決めていたのかは、わからない。

四つ角を曲がる。

「言っとくけど、転校するのは、平和銀座《へいわぎんざ》の話とは関係《かんけい》ないから」

次の角を、また曲がる。

「平和銀座《へいわぎんざ》のビルと、オレんち、なんの関係《かんけい》もないから」

笑《わら》う。

その次の角を、曲がる。

「関係《かんけい》ないって言ったら、オレがどっちの国でも関係ないんじゃない？　ヒロシには関係あるの？」

すぐには答えられなかった。

それだけでは不安《ふあん》で、「あるわけないだろ」とも付《つ》け加《くわ》えてしまった。よけいなことだった。すぐに悔《く》やんだ。でも、もう遅《おそ》い。

「……そんなの、ないよ」

タケオは、ふうん、と言った。ほかにはなにも言わなかったし、表情《ひょうじょう》も変《か》わらない。

その瞬間《しゅんかん》、タケオがすごくおとなになったような気がした。

「オレ、中学になったら、名前を元に戻《もど》す」

角を曲がる。

「父ちゃんと母ちゃんは反対なんだけど、じいちゃんとばあちゃんは、元に戻《もど》すのをすごく喜《よろこ》んでくれた」

　変《か》えるのではなく、元に戻《もど》す、と言った。

　そうなんだな。それはそうだよな。頭でも心でもなく、すとん、と腑《ふ》に落ちた。

「悪いけど、転校するまでは、いまの名前だから。話、合わせてくれる？」

　角を、また曲がる。

「ごめんな、こういうのヒロシにしか言えないから」

　僕《ぼく》を特別《とくべつ》な友だちとして認《みと》めてくれた。

　でも、ヒロシはここまでだから――と、見限《みかぎ》られ、切り捨《す》てられてしまったのかもしれない、とも思った。

　さらに角を曲がった。すると、細い路地の先に、広い通りが見えた。すぐにわかった。平和銀座《へいわぎんざ》だ。タケオも気づいたのだろう、ずんずん進んでいた足取りが微妙《びみょう》に揺《ゆ》らいだ。

　もしもタケオが立ち止まったら、僕《ぼく》はすぐに「こっちじゃないだろ」と声をかけて、強引でもいいから引き返すつもりだった。それが僕《ぼく》にできる精一杯《せいいっぱい》のことだと思うから。

　でも、タケオは歩きつづけた。

一瞬《いっしゅん》だけ足取りが揺《ゆ》らいだことで、かえって覚悟《かくご》を決めたのか、歩き方はどんどん力強くなって、路地から平和銀座《へいわぎんざ》に出たときには、まるで行進のように胸《むね》を張《は》り、腕《うで》を振《ふ》って、まっすぐに前を見据《みす》えて――その先には、『やまちゃん』があった。

『やまちゃん』の店先では、おじさんとおばさんが忙《いそが》しそうに接客《せっきゃく》をしていた。特《とく》におじさんは、惣菜《そうざい》をハカリに載《の》せたり会計をしたりと手を休みなく動かしながら、「らっしゃい、らっしゃい、本日、かぼちゃと揚《あ》げものサービスデー、マカロニサラダも増量《ぞうりょう》だよ！」と呼《よ》び込《こ》みまでする。

ほんとうに働《はたら》き者で、元気で明るくて、子ども好《ず》きで……でも、おじさんが背《せ》にした壁《かべ》には〈お買い得《どく》・かぼちゃそぼろ煮《に》（挽《ひ》き肉たっぷり）〉〈特売《とくばい》・かぼちゃ天ぷら〉〈大盛《おおも》り無料《むりょう》・マカロニサラダ〉〈コロッケ本日5コにつき1コ追加《ついか》〉の短冊《たんざく》と並《なら》んで、まだ〈早く出て行け！〉のチラシが貼《は》ってある。

僕《ぼく》とタケオは店の前に差《さ》しかかった。おじさんが接客《せっきゃく》に気を取られているうちに通りすぎたい。僕の足取りは自然《しぜん》と速くなった。

ところが、タケオは店の正面で立ち止まった。顔も店のほうに――おじさんや、チラシに向けた。じっと見つめる。おじさんとチラシのどちらかは、わからない。ただ、黙《だま》って、顔をぴくりとも動かさずに見つめつづける。

僕《ぼく》は声をかけられず、タケオを残《のこ》して立ち去ることもできず、その場にたたずむしかなかった。

おじさんが気づいた。仕事の手がふさがっているので、ショーケース越《ご》しに「おっ、ひさしぶりにコンビ復活《ふっかつ》だなあ」と声をかけてきた。

僕《ぼく》はぺこりと頭を下げた。挨拶《あいさつ》は返した。あとはもう、そのまま歩きだせばいい。

でも、タケオは動かない。返事も会釈《えしゃく》もせず、じっと見つめる。

なにを見ているのだろう。ほんとうに。おじさんなのか、チラシなのか、一緒《いっしょ》に視《し》界《かい》に収《おさ》めているのか、じつはそのどちらでもないのか。わからない。僕《ぼく》はタケオではない。どんなにそばにいても、タケオが見ているものは僕にはわからないし、考えていることもわからない。タケオが二つの名前と、どんなふうに付《つ》き合ってきたのかも。

これからどんなふうに付き合っていくのかも。

おじさんは「どうした?」と声をかけてきた。「お母ちゃんになにか買い物でも頼《たの》まれたのか?」

僕《ぼく》はあわてて首を横に振《ふ》ったけど、タケオは反応《はんのう》すらしない。

おじさんはちょっと困《こま》った笑顔《えがお》になって、目をぱちぱちと瞬《またた》いた。怪訝《けげん》そうに、さらになにか言いかけたとき、ショーケースの前のおばあさんが量《はか》り売りの煮物《にもの》を注文した。

おじさんはかがみこんで、ショーケースのバットから煮物《にもの》を取り分ける。

この隙《すき》に立ち去ろう。僕《ぼく》はタケオに「行こうか」と声をかけた。

それでも、タケオはまだ動かない。おじさんに文句《もんく》を言いたいのだろうか。チラシをはがしてほしい、と訴《うった》えたいのだろうか。でも、そんなことをしたら、タケオはかえって悲しい思いをしてしまいそうな気がする。

「なあ、そろそろ行かない？」

返事はない。横顔も動かない。

「……おじさんと、なにか話があるの？」

「ない」

初《はじ》めて口を開いた。短く、ぴしゃりとした一言だった。

「だったら行こうよ」

僕《ぼく》はわざと怒《おこ》った言い方をして、タケオの上着の袖《そで》を引っぱった。タケオは黙《だま》って僕の手を振《ふ》り払《はら》う。

そのときだった。

「ああ、そうかあ、わかったぞ」

おじさんの上機嫌《じょうきげん》な声が聞こえた。煮物《にもの》を容器《ようき》に移《うつ》して体を起こし、容器をハカリに載《の》せながら「わかったわかった」と言って、含《ふく》み笑《わら》いで僕《ぼく》たちを見る。

「おやつだろ？」

『やまちゃんボール』が欲《ほ》しくて立ち去らないのだと、勘違《かんちが》いされた。

おじさんは「煮《に》っころがし二百グラムちょうどね」と、ハカリから降《お》ろした煮物《にもの》を袋《ふくろ》に入れて、おばあさんに渡《わた》す。

会計をしながら、「いやあ、悪い悪い」と、また僕《ぼく》たちに話しかける。「ごめんな、今日は忙《いそが》しいし、サービスデーで売り切れになりそうだから、また今度だ。今度は今日のぶんも足してやるからな」

おじさんが「証人《しょうにん》もたくさんいるからな」と笑《わら》うと、他のお客さんも笑って僕《ぼく》たちを見た。みんなにこにこして、優《やさ》しそうで、でもみんなの背後《はいご》には、あのチラシが見える。

おじさんはすぐに、次の接客《せっきゃく》にかかった。

タケオもようやく歩きだした。

僕《ぼく》も隣《となり》に並《なら》んで、言った。

「おじさん、勝手に誤解《ごかい》するんだもんなあ、ひどいよな」

タケオの返事はない。僕《ぼく》も最初《さいしょ》からそうだろうなと思っていた。

僕《ぼく》たちは黙《だま》って、並《なら》んで、歩きつづけた。

すれ違《ちが》う人も、自転車で追い越《こ》す人も、お店の人も、僕《ぼく》たちが『やまちゃん』の前に立っていたほんとうの理由を知らない。僕たちが平和銀座《へいわぎんざ》に来る前に交わしていた話も、誰《だれ》も知らない。夢《ゆめ》にも思っていないだろう。

『オモチャのヨシオカ』の前を通り過《す》ぎるとき、店内から『赤鼻のトナカイ』のメロディーが流れてきた。おなじみの曲なのに、オルゴールの音色だったせいなのか、いつもとは印象《いんしょう》が違《ちが》って聞こえる。

「意外と寂《さび》しい曲なんだな」

僕《ぼく》はぽつりと言った。返事は期待していなかったけど、タケオは「オレも、そう思う」と応《こた》えてくれた。

「だよな、やっぱり寂《さび》しいよ」

タケオも同じ感想だったのが、うれしい。

タケオはうなずいて、言った。

「できないけど……やればよかった」

「え？」

「文句《もんく》言って……負けるけど殴《なぐ》ってやればよかった……」

急に早足になったタケオを、僕《ぼく》は斜《なな》め後ろから追って歩く。商店街《しょうてんがい》を抜《ぬ》けた。すずらん灯《とう》や店の灯《あか》りがなくなると、あたりはいっぺんに暗くなった。

タケオはうつむいて歩きながら、何度もハナを啜《すす》り上げて、上着の袖《そで》をときどき顔に当てた。

僕《ぼく》は斜《なな》め後ろを歩く。黙《だま》って歩きつづける。耳の奥《おく》では『赤鼻のトナカイ』が、いつまでも静《しず》かに鳴り響《ひび》いていた。

＊

タケオは、二つの名前のことを僕《ぼく》にだけ打ち明けて、転校していった。

二学期の終業式の日に挨拶《あいさつ》をしたときも名前のことには触《ふ》れなかったし、三学期になって届《とど》いた「新しい学校でも友だちができました」という近況《きんきょう》のハガキにも、いつもの名前が書いてあった。僕《ぼく》も、タケオのもう一つの名前は黙《だま》っていた。クラスのみんなはもちろん、両親にも教えなかった。だから、タケオのもう一つの名前は誰《だれ》にも

知られないままで——じつを言うと、僕ももう、いまとなってはよく思いだせずにいるのだ。

遠回りは終業式の日まで続《つづ》いた。平和銀座《へいわぎんざ》を通ったのはあの日の一度きりで、僕《ぼく》もタケオも、まるで記憶《きおく》に消しゴムをかけたみたいに、あの日の話を蒸《む》し返すことはなく、転校までの最後《さいご》の日々を静《しず》かに過《す》ごしたのだ。

タケオとは、その後は会う機会《きかい》はなかった。高校を卒業《そつぎょう》する頃《ころ》までは年賀状《ねんがじょう》のやり取りが続《つづ》いていたが、東京の大学に入った僕《ぼく》は忙《いそが》しさに紛《まぎ》れて、友だちに年賀状を出さなかったり、もらっても返事をしなかったり、というありさまだった。それが何年か続《つづ》いているうちに、タケオとのやり取りも途切《とぎ》れて、それっきりになってしまった。

最後《さいご》の年の年賀状《ねんがじょう》でも、タケオはいつもの名前だった。両親の反対に押《お》し切られて名前を戻《もど》すのをあきらめたのか、自分で考えてそうしたのか、もしかしたら国籍《こくせき》をこの国に変更《へんこう》して、名前をそのまま使うことにしたのかもしれない。

名前がどうであれ、いまも元気でいてくれたらいい。

この国のことを嫌《きら》いになっていなければ、うれしい。

平和銀座《へいわぎんざ》のビル建設《けんせつ》計画は、翌年《よくねん》の春になって中止された。反対運動が実ったというより、年明けからの不況《ふきょう》で、市内の経済《けいざい》が大きな打撃《だげき》を受けたことが大きい。

撤退《てったい》を決めた社長は、二つの名前のうち片方《かたほう》を封印《ふういん》したまま、複数《ふくすう》の企業《きぎょう》を傘下《さんか》に収《おさ》め、「王国」とも呼《よ》ばれる企業グループをつくりあげた。だが、社長の出身をめぐる話は常《つね》に影《かげ》のようにつきまとって、「王国」をめぐる事件《じけん》や疑惑《ぎわく》やスキャンダルが明るみに出るたびに、封印していたはずの名前も報《ほう》じられた。一時は国政《こくせい》にも影響力《えいきょうりょく》を持っていた社長だったが、後継者《こうけいしゃ》に恵《めぐ》まれなかったせいで、晩年《ばんねん》は「王国」を失《うしな》い、十年ほど前にひっそりと世を去った。遺言《ゆいごん》に従《したが》って、墓《はか》は生まれ故郷《こきょう》である隣《となり》の国の農村につくられた、という。

平和銀座《へいわぎんざ》は、明るく健全《けんぜん》な雰囲気《ふんいき》を守ることはできた。でも、半年間の反対運動で、商店街《しょうてんがい》の人間関係《かんけい》には微妙《びみょう》なしこりが残《のこ》ってしまった。商店街を挙《あ》げてのイベントやセールも、その後は参加《さんか》する店としない店が分かれるようになり、寄《よ》り合いの役員を決めるときも話し合いがもつれるようになったらしい。


中学生になった僕《ぼく》は、平和銀座《へいわぎんざ》を歩くことが減《へ》った。学校の場所が小学校とは違《ちが》うので平和銀座が近道にならなくなったから、という理由が半分、残《のこ》り半分は、『やまちゃん』のおじさんや『コジマ薬局』のおばさんのことが、やはり心のどこかにわだかまっていたから。

たまに店先を通ると、おじさんはあいかわらず元気で明るい。僕《ぼく》を見ると「おう、勉強してるか」と気さくに声をかけてくれるし、かつての僕とタケオと同じように『やまちゃんボール』をごちそうしてもらう小学生もいる。

『コジマ薬局』では、傘《かさ》の貸《か》し出しに加《くわ》えて、靴《くつ》ずれになったり指をケガしたりした人のために、ガーゼ付《つ》きの絆創膏《ばんそうこう》を無料《むりょう》で一枚渡《まいわた》すサービスも始めた。

みんな親切で優《やさ》しい。ビルの建設計画《けんせつけいかく》が撤回《てっかい》されたあとはチラシも消えた。でも、にこにこと笑《わら》うあの人たちが、あんなチラシを貼《は》っていたことは――どうしても、忘《わす》れられないのだ。

いまの平和銀座《へいわぎんざ》は、「かつて商店街《しょうてんがい》だった一角」と呼《よ》んだほうがいい。四十数年の歳月《さいげつ》が流れる間に、ほとんどの店が姿《すがた》を消した。『やまちゃん』も『コジマ薬局』も建売《たてうり》の住宅《じゅうたく》になって、住んでいる人も変《か》わった。

『やまちゃん』のおじさんは、僕《ぼく》が大学を卒業《そつぎょう》して東京で就職《しゅうしょく》した年に亡《な》くなった。いまの僕と変《か》わらない五十代後半で、膵臓《すいぞう》だったか腎臓《じんぞう》だったかのガンで世を去ったのだ。その後はおばさんと息子さんががんばっていたが、数年後には店を畳《たた》んでしまった。

おじさんに訊《き》きたかったことがある。伝《つた》えたかったこともある。タケオが転校していったあと、ずっと。

実際《じっさい》には訊《き》けないし、言えない。わかっていた。中学生の僕《ぼく》も、高校生の僕も、大学生の僕も、まだ子どもだった。だからおじさんに声をかけられても、はにかんで会釈《えしゃく》するだけだった。

でも、いまなら――。

おとな同士《どうし》で話せるなら、訊《き》きたいし、伝《つた》えたい。

もしもタケオが二つの名前を持っているのを知ったら、おじさんはその後も僕《ぼく》たちのことを変《か》わらず可愛《かわい》がってくれましたか？

それが、訊《き》きたいこと。

伝《つた》えたいことも、タケオの話だ。

あいつは、おじさん特製《とくせい》の『やまちゃんボール』が大好《だいす》きだったんです。僕《ぼく》よりも、ずっと。

おじさんはどんな顔になって、どんなふうに応《こた》えるだろうか。

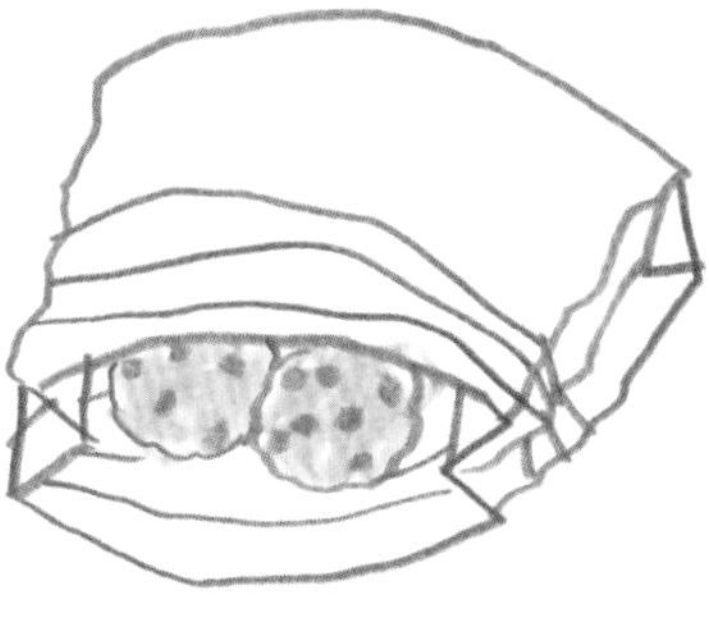

あきらめ、禁止。

テツヤ先生は張《は》り切っていた。

朝の会が始まる前から廊下《ろうか》で待機《たいき》していて、チャイムが鳴るのと同時に六年二組の教室に入った。

「今日から二週間、皆《みな》さんと一緒《いっしょ》にがんばっていきます」

教壇《きょうだん》から教室を見渡《みわた》して、「二週間なんて、あっという間だと思います」と続《つづ》けた。声に微妙《びみょう》な寂《さび》しさがにじんでしまい、おっと、いけない、と咳払《せきばら》いした。

六年二組のクラス担任《たんにん》のナナコ先生が、しばらく介護休暇《かいごきゅうか》を取ることになった。田舎《いなか》で一人暮《ぐ》らしをしているお母さんが倒《たお》れてしまったのだ。ナナコ先生にとってもクラスの子どもたちにとっても思いがけないアクシデント——なにしろ、いまは一月。小学校生活の締《し》めくくりなのだから。

ナナコ先生は引き継《つ》ぎのときに「向こうが落ち着いたら、休暇《きゅうか》を途中《とちゅう》で切り上げるつもりです」と念《ねん》を押《お》していたし、子どもたちだって、卒業前《そつぎょうまえ》の大事な時期に急に担《たん》任《にん》の先生がいなくなったら不安《ふあん》でしかたないだろう。一日でも早くナナコ先生に帰ってきてほしいはずだ。

それでも、テツヤ先生は胸《むね》を張《は》って言った。

「短いお付《つ》き合いですが、少しでも皆《みな》さんの思い出に残《のこ》るよう、一所懸命《いっしょけんめい》がんばります。これから、よろしくお願《ねが》いします！」

おじぎをすると、クラスのみんなは拍手《はくしゅ》で応《こた》えてくれた。

テツヤ先生は先生になって一年目なので、まだクラスを持ったことはない。いままではベテランのホソカワ先生が担任《たんにん》する三年一組の副《ふく》担任として、クラスのまとめ方を勉強してきた。今回のピンチヒッターは、卒業試験《そつぎょうしけん》のようなものなのだ。

「それで、ぼくが担任《たんにん》をする二週間で、皆《みな》さんに一つ、お願《ねが》いしたいことがあります」

教室がざわつくなか、テツヤ先生は小さな紙を配った。

「ぼくはいつも思っています。人間って、夢《ゆめ》や目標《もくひょう》に向かってがんばってるときが一番美しくてカッコいいんじゃないか、って。皆《みな》さんにも、それをぜひぼくに見せてほしいんです。二週間で、こんなことをやってみよう、こういう目標を立ててみよう……というのを、この紙に書いてください」

女子の一人が手を挙《あ》げて、「勉強のことだけですか？」と質問《しつもん》した。

「いや、なんでもOKだよ。遊びでもスポーツでも家のお手伝《てつだ》いでも、なんでもいいからね」

男子の一人が「目標《もくひょう》を達成《たっせい》できなかったら？」と訊《き》き、別《べつ》の男子が「罰《ばつ》ゲームやろうよ」と続《つづ》けると、教室は「えーっ」「いいじゃん、やろうよ」「そんなのヤだあ」……と、急に騒《さわ》がしくなった。

テツヤ先生は手振《てぶ》りで教室を静《しず》かにさせると、「罰《ばつ》なんてないよ」と苦笑《くしょう》交《ま》じりに言った。「たとえ達成《たっせい》できなくても、目標《もくひょう》に向かってがんばることが大事なんだ」

記入を終えた紙を回収《かいしゅう》すると、テツヤ先生は「あと、クラスの合言葉を決めたいと思います」と言った。「その前に、ぼくの自己紹介《じこしょうかい》を聞いてください」

子どもの頃《ころ》から学校の先生に憧《あこが》れていた。大学生時代には塾講師《じゅくこうし》のアルバイトに励《はげ》む一方で、子どもたちと野外遊びをするサークルでも活動していた。就職活動《しゅうしょくかつどう》も、当《とう》然《ぜん》ながら、教員採用試験《きょういんさいようしけん》一本に絞《しぼ》っていたのだが——。

「残念《ざんねん》ながら、最初《さいしょ》の年は試験《しけん》に落っこちてしまいました」

肩《かた》を落とし、しょんぼりとうなだれるお芝居《しばい》に、男子の元気のいい子たちが笑《わら》った。

「でも、ぼくは、先生になることをあきらめませんでした。たった一度の失敗《しっぱい》で夢《ゆめ》を捨《す》てるのなんて、悔《くや》しいじゃないですか」

うつむいたまま、話を続《つづ》ける。真剣《しんけん》な口調に、笑《わら》っていた子も静《しず》かになった。

「ぼくは大学を卒業《そつぎょう》したあとも就職《しゅうしょく》しませんでした。塾《じゅく》の先生のアルバイトを続《つづ》けながら、がんばって勉強しました。すると——」

顔をパッと上げて、満面《まんめん》の笑《え》みになった。

「二年目の採用試験《さいようしけん》で合格《ごうかく》したんです！」

両手でガッツポーズをつくる。クラスのみんなからも歓声《かんせい》があがった。

「だから、ぼくは思うんです。あきらめてはいけない。あきらめなければ、夢《ゆめ》が……絶対《ぜったい》にかなう、とは言いません。どんなにがんばっても夢がかなわないことはあります、はっきり言って」

その言葉に、数人がうなずいた。

「でも、あきらめなければ、その夢《ゆめ》がかなう可能性《かのうせい》はあります。たとえ0・00001パーセントでも、ゼロではないんです。そうだよね？」

今度は、もっと多くの子どもがうなずいた。

「あきらめてしまうと、ゼロです。可能性《かのうせい》はまったくなくなってしまいます。これもそうだよね？　ちょっと考えればわかるよね？」

全員がうなずいた。

「だったら、あきらめちゃダメだ。簡単《かんたん》にあきらめてしまうのは、弱虫やひきょう者のやることだと、ぼくは思うんだ」

「弱虫」「ひきょう者」のところで何人かがひるんだ様子を見せたが、それは最初《さいしょ》から織《お》り込《こ》み済《ず》みだ。少しぐらいキツい言葉をつかわないと子どもたちにはなかなか伝《つた》わらない。

テツヤ先生はあらためて教室を見回して、「六年二組は、あきらめ禁止《きんし》！」と力強く言った。さらに黒板に大きく〈あきらめ禁止〉とも書いた。

「これをクラスの合言葉にして、二週間がんばっていこう。ちょっとみんなで声を合わせて読んでみよう」

いち、にい、さんっ、と呼吸《こきゅう》を合わせた。

「あきらめ、禁止《きんし》！」

みんなの声が――。

違《ちが》った。

口を動かさなかった子がいた。男子と女子が半々で、合計六人。さっき「夢《ゆめ》がかなわないことだってある」と言ったときにうなずいたメンバーだった。六人とも、困《こま》った顔をしていた。途方《とほう》に暮《く》れているようにも、腹《はら》を立てているようにも見えた。

ちょうどチャイムが鳴って、朝の会が終わった。テツヤ先生は教卓《きょうたく》に貼《は》った座席表《ざせきひょう》で六人の名前だけチェックして、教壇《きょうだん》を降《お》りた。

思わず首をひねってしまう。

なにかオレ、間違《まちが》ったこと言ったかなあ、そんなことないはずだけどなあ……。

黒板を振《ふ》り向いた。日直の子が〈あきらめ禁止《きんし》〉の文字を消そうとするのを、「ちょっと待ってて」と止めて、あらためて合言葉を見つめた。

うん、だいじょうぶ、間違《まちが》ってない、あきらめたらおしまいなんだ、これ、すごく大事なことなんだから……。

＊

テツヤ先生は、昼休みの職員室《しょくいんしつ》で、深々とため息をついた。椅子《いす》の背《せ》に体を預《あず》けて天井《てんじょう》を見上げると、「まいったなあ……」というつぶやきも口から漏《も》れた。

「どうした？　さっきから元気ないな」

隣《となり》の席《せき》のホソカワ先生が声をかけてきた。

「いえ、べつに……」

最初《さいしょ》はごまかすつもりだったが、ホソカワ先生には、四月に新任教員《しんにんきょういん》として着任して以来《いらい》ずっとお世話になっている。三年一組の副担任《ふくたんにん》をしていたときも、教わることばかりだった。

「三年生と六年生じゃあ、全然違《ぜんぜんちが》うだろ」

ホソカワ先生はベテランらしく、すべてお見通しのような笑顔《えがお》で言った。ふつうなら校長や教頭になっているはずの歳《とし》なのに、出世には背《せ》を向け、定年まで現場《げんば》ひと筋《すじ》でいく、と決めている。

「おとなになると歳《とし》が三つ上だろうが下だろうがたいして変《か》わらないけど、小学生はまったく別《べつ》だからな。はっきり言って、違《ちが》う種類《しゅるい》の生き物みたいなものだ」

テツヤ先生は「ですね」と苦笑《くしょう》した。確《たし》かにそうだ。三年生の背丈《せたけ》に慣《な》れていたせいで、六年生の、特《とく》に女子の背の高さには戸惑《とまど》ってしまう。

だが、いまのため息の理由は、六年生がおとなびているから、ではない。むしろ逆《ぎゃく》──予想だにしていなかった幼《おさな》さに、戸惑《とまど》っているのだ。

ホソカワ先生には相談してもいいか、と思い直して、事情《じじょう》を打ち明けた。

六年二組の子どもたちに、この二週間でがんばる目標《もくひょう》を書いてもらった。朝の会のあとの休み時間に、その内容《ないよう》をざっと確認《かくにん》したら、「これはどうなのか」と言いたい回答がいくつか見つかったのだ。

「こういうのですけど……ちょっと見てもらっていいですか」

提出《ていしゅつ》された用紙の中から、「問題あり」の二枚《まい》を選《えら》んでホソカワ先生に渡《わた》した。

一枚目《まいめ》は〈かぜをひかない〉──男子のユウタくんが書いた。

二枚目《まいめ》は〈髪《かみ》をもっと伸《の》ばす〉——女子のマナさんが書いた。

「……どう思います？」

「どう、って？」

「だって、二つとも目標《もくひょう》としてはちょっとアレじゃないですか？」

ほかの子が書いた紙も見せた。

〈部屋のそうじを毎日する〉〈イヌの散歩《さんぽ》をさぼらない〉〈算数の文章題を毎日一つずつやる〉〈中学に入ってこまらないように、英語《えいご》の単語《たんご》を一日五つおぼえる〉〈うでたてふせ毎日30回！〉〈牛乳《ぎゅうにゅう》を必《かなら》ず飲む〉〈妹といっしょに遊んでやる〉〈集団登校《しゅうだんとうこう》で一年生の子と手をつないであげる〉……。

「みんな、ちゃんと目標《もくひょう》になってますよね。それを達成《たっせい》するためにがんばるわけだから」

だが、ユウタくんとマナさんの書いたことは、ちょっと違《ちが》う。

「かぜをひかないのは、もちろん健康《けんこう》のためには大切なんですけど、それを目標《もくひょう》にするっていうのは違《ちが》うんじゃないかなあ、って」

ホソカワ先生は、「なるほど」と一言だけ応《こた》えてうなずいた。

「マナさんのもそうですよね。髪《かみ》の毛は、べつに目標《もくひょう》にしなくても勝手に伸《の》びるわけなんですから……」

　二人が書いた紙を見たとき、正直に言って、ムッとした。こっちがピンチヒッターの新米教師《しんまいきょうし》だからバカにしたのか、と思ったのだ。

　だが、授業中《じゅぎょうちゅう》の態度《たいど》は、二人ともまじめだった。二時間目の算数ではマナさんに、三時間目の国語ではユウタくんに、それぞれ質問《しつもん》して答えてもらった。どちらも正解《せいかい》。特《とく》にマナさんに出した問いは、かなり難《むずか》しかった。「わかりません」「考え中です」と言われるのを覚悟《かくご》していたのだが、マナさんは自信《じしん》たっぷりに黒板に向かうと、正しい式と答えをさらさらと書いたのだ。ユウタくんも「えーと、あの、えーと……」が少し多かったが、そのぶん一所懸命《いっしょけんめい》に考えて答えようとする思いが伝《つた》わってきて、好《こう》感《かん》が持てた。

　そんな二人が、どうして、こんな――。

「はっきり言って、どっちも目標《もくひょう》としては失格《しっかく》だと思うんです。だって、髪《かみ》が伸《の》びるのも風邪《かぜ》をひかないのも、努力《どりょく》する必要《ひつよう》なんてないじゃないですか。がんばらなくても自然《しぜん》とできることなんて、目標じゃないでしょう」

　自分の言葉を聞きながら、そうだよな、オレ間違《まちが》ったこと言ってないよな、と確《たし》かめた。

話し終えて、ホソカワ先生に「どうですか?」と訊《き》いた。

ホソカワ先生は腕組《うでぐ》みをして、眉間《みけん》にしわを寄《よ》せた。「うーん……」と喉《のど》の奥《おく》を鳴らして、しばらく考え込《こ》む。すぐに同意してもらえるものだと思い込んでいたテツヤ先生は、困惑《こんわく》して「目標《もくひょう》じゃないですよね、これ」と念《ねん》を押《お》して尋《たず》ねた。

すると、ホソカワ先生は「どうなんだろうなあ」と言った。腕組《うでぐ》みをしたまま、眉《み》間《けん》のしわはさらに深くなった。

「……どう、って?」

「二人とも、三年生と四年生のときにクラス担任《たんにん》だったから、よく知ってるんだ。こういうときにふざけたり、反抗《はんこう》したりするような子じゃない」

「ええ、わかります。だから、目標《もくひょう》を立てるという意味を、ちょっと間違《まちが》えてるだけだと思うから、それを教えてあげて、書き直してもらうつもりなんですけど……」

「いや、ちょっと待ったほうがいい」

「そうですか?」

「間違《まちが》えてるかどうか、こっちの思い込《こ》みだけで簡単《かんたん》には決められないぞ」

「……はあ」

「目標《もくひょう》を立てたあとは、どうするんだ?」

明日から朝の会で紙を配って、昨日《きのう》の行動を振《ふ》り返って書いてもらう。目標《もくひょう》を達成《たっせい》するためにがんばったかどうか。そうすることで、一日一日の積《つ》み重ねが目標達成につながるんだというのが実感できるはずだ。

「目標《もくひょう》を立てると、それだけで満足《まんぞく》してしまう子どももいるじゃないですか。そうじゃなくて、ここからがスタートなんだよ、と教えたいんです」

テツヤ先生はきっぱりと、迷《まよ》いなく言った。

先週、六年二組の担任《たんにん》になることが決まってから、ずっと考えてきたのだ。たった二週間の付《つ》き合いだとしても、子どもたちに「あの先生に大切なことを教わったんだな」と思っていてほしい。なにを教えよう、なにを伝《つた》えよう、なにを子どもたちの胸《むね》に刻《きざ》み込《こ》もう……。そうやって選《えら》び抜《ぬ》いたのが、目標《もくひょう》に向かってがんばることと、あきらめないことだったのだ。

もっとも、「そうか、なるほどな」とうなずくホソカワ先生の反応《はんのう》は、意外と薄《うす》かった。拍子抜《ひょうしぬ》けしたテツヤ先生が「なにかまだ足りませんか?」と訊《き》くと、「いや、そんなことない」と答えたが、その言い方にも、微妙《びみょう》な煮《に》え切らなさが覗《のぞ》いた。

「まあ、しばらくやってみて、様子を見ればいいいさ」

「はい……」

無理《むり》やり話を終わらされた気がしないでもなかったが、ホソカワ先生の、なんでもお見通しの笑顔《えがお》と向き合うと、それ以上《いじょう》は言えなくなってしまった。

「どっちにしても、子どもの決めた目標《もくひょう》は、どんなものでも最大限《さいだいげん》に尊重《そんちょう》しないとな。いい目標と悪い目標を、おとなが勝手に分けちゃダメだ。それだけは忘《わす》れないでくれ」

最後《さいご》の一言は、少し口調が強かった。なんだか叱《しか》られているような気分になって、テツヤ先生の返事の声も沈《しず》んでしまった。

＊

次の日の朝の会で、クラス全員に、昨日《きのう》の振《ふ》り返りを書いてもらった。

職員室《しょくいんしつ》に戻《もど》ったテツヤ先生が真っ先にチェックしたのは、やはりあの二人の紙——。

〈晩《ばん》ごはん・ごはんのおかわり2回した。サラダも完食《かんしょく》しました。朝ごはん・「めんえきが上がるよ」とママが言ったのでヨーグルトも食べた。おふろのあとはすぐにパジャマを着た。かしつきもつけた。家を出るときの体温は36・2度。せきはありません。鼻もつまっていません〉

ユウタくんは、びっくりするほど細かく書いていた。出がけに体温を計っているのも驚《おどろ》きだったし、免疫《めんえき》や加湿《かしつ》にも気をつかっているのには、驚《おどろ》きを通り越《こ》して唖然《あぜん》とした。

そこまで健康《けんこう》に気をつかうというのは、体にどこか悪いところがあるのか――？

いや、しかし、引き継《つ》ぎのときにはナナコ先生にはなにも言われていないし、教室で見るユウタくんは元気いっぱいで、小太りの体はピチピチとしている。念《ねん》のために個人調査票《こじんちょうさひょう》のファイルを確認《かくにん》してみたが、過去《かこ》に大きな病気やケガをした記録《きろく》はなく、アレルギーの欄《らん》も〈なし〉だった。

逆《ぎゃく》に、皆勤賞《かいきんしょう》を狙《ねら》って、卒業《そつぎょう》まで学校を休みたくないから……ということだろうか。しかし、出席簿《しゅっせきぼ》を確《たし》かめると、一学期と二学期にすでに合計三日、風邪《かぜ》をひいて休んでいた。そもそも皆勤賞の可能性《かのうせい》は消えているのだ。

一方、マナさんも、よくわからない。

〈一番長いところが31センチになったけど、まだ全部じゃないので、たりません。わかめスープを飲みました。ひっぱりすぎると抜《ぬ》けてしまって、元も子もなくなるので、注意しています。ママが「すいみん時間が長いと、髪《かみ》が早く伸《の》びる」と教えてくれたので、ゆうべは9時に寝《ね》ました〉

マナさんは髪《かみ》を三つ編《あ》みにしている。ほどくと肩《かた》までかかりそうだ。三つ編みはよく似合《にあ》っている。ただ、背丈《せたけ》とのバランスから見ると、これ以上《いじょう》長く伸《の》ばすよりも、むしろ全体を揃《そろ》えて、少しだけ切ったほうがいいような気もする。

だが、振《ふ》り返りの文面では、もっと伸《の》ばしたい様子だった。しかも、少しでも早く。三十一センチという長さには、なにかこだわりでもあるのか。「元も子もなくなる」というのはどういうことなのだろう。よくわからない。個人調査票《こじんちょうさひょう》を見ても、とりたてて髪《かみ》の毛につながるような記述《きじゅつ》はなかった。

ホソカワ先生に「どうだった？」と訊《き》かれた。「なにかヒントでも見つかったか？」

「いえ、全然《ぜんぜん》わからなくて……」

振《ふ》り返りの紙を見せた。

「二人とも確《たし》かに、目標《もくひょう》に向かってがんばってるみたいなんです」

「そうだな、がんばってるな」

「いいかげんなことを書いたわけじゃないと思うんですよ」

「うん、オレもそう思う」

「でも、『風邪《かぜ》をひかない』とか『髪《かみ》の毛を伸《の》ばす』とか……なんなんでしょうね、いったい」

○か×かで分けるなら、×にはできない。けれど、すんなりと○をつけられるかと問われれば、「うーん……」と困《こま》ってしまう。

　正直に打ち明けると、ホソカワ先生は「困《こま》るのは困るか？」と笑《わら》って訊《き》いた。「いまの、日本語としておかしい言い方かもしれないけど、わかるよな？」

「はい……」

「困《こま》りたくないよな、誰《だれ》だって」

「ええ、まあ……そうですね」

　ホソカワ先生に打ち明けなかったことが、一つある。昼休みにユウタくんとマナさんと話し合って、二人の立てた目標《もくひょう》を別《べつ》のものに変《か》えてもらおう、と思っていた。風邪《かぜ》をひかないのも髪《かみ》の毛を伸《の》ばすのも、本人ががんばるのならそれでいい。ただ、学校に提出《ていしゅつ》するのは、やはり違《ちが》う目標——五十メートル走で九秒を切るとか、図書室で毎日一冊借《さつか》りるとか、努力《どりょく》がもっとはっきり見えるもののほうがいい。

だが、ホソカワ先生は、そんな胸《むね》の内を見抜《みぬ》いたかのように、さっきよりさらに笑《え》みを深めて言った。

「困《こま》りたくないのは、きみの都合だ。子どもにはなんの関係《かんけい》もない」

「——え？」

「困《こま》ればいいじゃないか」

笑《え》みが消えた。声の響《ひび》きも、ぴしゃりと、叱《しか》りつけるようなものになった。

「自分が困《こま》りたくないから、子どもの決めたことや考えたことを否定《ひてい》する……そんなのは、よくないと思うぞ」

いいえ、そんなことはちっとも思ってません、と言い返したくても、言えない。まさに図星だった。

返す言葉に詰《つ》まったテツヤ先生に、また笑顔《えがお》に戻《もど》ったホソカワ先生は、椅子《いす》から立ち上がりながら言った。

「まあ、困《こま》るのも仕事のうちだ。しっかり困ればいいんだ」

なっ、とテツヤ先生の肩《かた》を軽く叩《たた》くのと同時に、授業《じゅぎょう》が始まるチャイムが鳴った。

ホソカワ先生はテツヤ先生の返事を待たずに「さあ、授業授業、がんばるぞー」と、まわりの同僚《どうりょう》を笑《わら》わせながら席《せき》を離《はな》れた。

時計を確《たし》かめたわけではない。チャイムのタイミングが体に染《し》み込《こ》んでいるのだろう。これがベテランの底力《そこぢから》というやつなのか。テツヤ先生はすっかり圧倒《あっとう》されてしまい、ホソカワ先生の後ろ姿《すがた》に無言《むごん》で一礼するしかなかった。

*

二日目の授業《じゅぎょう》は、とどこおりなく進んでいった。ナナコ先生に比《くら》べると、テツヤ先生の授業の進め方はずいぶんぎごちなかったはずだが、何日も前から睡眠《すいみん》時間をぎりぎりまで削《けず》って準備《じゅんび》した甲斐《かい》あって無事《ぶじ》に終えられた。話の合間に挟《はさ》むジョークも、ときどきスベってしまったものの、打率《だりつ》は悪くなかった。

ただし、ちょっと気になることがある。

元気のない子がいる。授業《じゅぎょう》を受けていても心ここにあらずというか、途方《とほう》に暮《く》れたような顔をしている。視線《しせん》が合いそうになると、逃《に》げるようにうつむいてしまう。

一人だけではない。三人──昨日《きのう》の「あきらめ禁止《きんし》!」の合言葉に応《こた》えなかった子ばかりだった。

どうして――？

その疑問《ぎもん》への答えは、思わぬところからもたらされた。

放課後《ほうかご》、子どもたちが教室を出たのを見届《みとど》けてから職員室《しょくいんしつ》に戻《もど》ると、机《つくえ》の上に伝言《でんごん》メモが何枚《なんまい》も置《お》いてあった。

〈至急《しきゅう》電話が欲《ほ》しいとのこと〉

〈本日中に連絡《れんらく》がなければ、校長先生と直接《ちょくせつ》話したい由《よし》〉

〈TEL　クレーム？　応対《おうたい》の言葉づかい注意（録音《ろくおん》の可能性《かのうせい》あり）〉

それぞれ別口《べつくち》の電話だったが、どれも六年二組の保護者《ほごしゃ》から――三人とも、授業中《じゅぎょうちゅう》に元気がなかった子の親だったのだ。

＊

不意打《ふいう》ちをくった。

タイミングもそうだし、攻《せ》めてくる方角も想像《そうぞう》すらしていなかった。

電話をかけてきた三人のうち二人は、中学受験《じゅけん》をする子の母親だった。ヒトミさんとコウスケくん。ヒトミさんはミッション系《けい》の大学の附属《ふぞく》中学が第一志望《しぼう》で、コウスケくんは中堅《ちゅうけん》どころの男子校を目指していた。

ところが、二人とも思うように成績《せいせき》が上がらず、冬休みの模試《もし》の結果《けっか》が出た年明け早々に家族や塾《じゅく》の先生と話し合って、志望校《しぼうこう》のランクを下げることにした。その矢先に、テツヤ先生が「あきらめ禁止《きんし》！」をクラスの合言葉にしてしまったのだ。

「せっかく本人も納得《なっとく》して志望校《しぼうこう》を変《か》えたのに、いまさらそんなことを勝手に言われても困《こま》るんですよ！　子どもを無責任《むせきにん》な言葉で迷《まよ》わせないでください！」

ヒトミさんの母親は、甲高《かんだか》い声でまくしたてた。

そうか、と遅《おく》ればせながら気づいた。タイミングが悪かったな、とも悔《く》やんだ。

この時期は私立《しりつ》中学の出願期間《しゅつがんきかん》で、受験生《じゅけんせい》は志望校《しぼうこう》を最終的《さいしゅうてき》に決めなくてはならない。夢《ゆめ》や憧《あこが》れをあきらめざるをえない子どもや親も、たくさんいるはずなのだ。

コウスケくんの母親は、口調こそヒトミさんの母親より冷静《れいせい》だったが、話の中身は深刻《しんこく》だった。コウスケくんはテツヤ先生が言った「弱虫」と「ひきょう者」をひどく気にして、いったん自分で決めた志望校変更《しぼうこうへんこう》に急に自信《じしん》をなくしてしまった。そして今朝になって「やっぱり最初《さいしょ》の志望校を受ける」と言いだしたのだ。

「本人は、たとえ落ちても後悔《こうかい》しない、中学は公立に行って高校受験《じゅけん》でがんばるって言うんですけど……そんなの、先のことなんてわからないじゃないですか。もし、あとで振《ふ》り返ってみて、あのとき志望校《しぼうこう》を変《か》えていればよかった、となったら……先生、責任取《せきにんと》ってもらえるんですか?」

そんなことを言われても——。

正直、困惑《こんわく》よりも、あきれた。揃《そろ》って「責任《せきにん》」という言葉を口にした二人に、「教《きょう》師《し》にそこまで背負《せお》わせないでください」と言い返したかった。

それでも、ここで話がもつれてしまうと、ナナコ先生に迷惑《めいわく》がかかる。ひたすら低《てい》姿勢《しせい》で、丁寧《ていねい》に、「あきらめ禁止《きんし》!」の真意を説明《せつめい》した。あくまでも「簡単《かんたん》に」あきらめてしまうことを諫《いさ》めたつもりだったのだ。親子や塾《じゅく》の先生と一緒《いっしょ》に話し合ったのなら、それは決して「簡単に」あきらめてしまったわけではない……。

「じゃあ、それ、教室でちゃんと言ってください。説明不足《せつめいぶそく》ですよ」

ヒトミさんの母親に言われて、「わかりました、明日、必《かなら》ず」と約束《やくそく》させられた。

コウスケくんの母親は、「弱虫」と「ひきょう者」にこだわって、「明日、みんなの前で取り消してください」と言った。「あと、謝罪《しゃざい》もしてもらえますか」

「……謝罪《しゃざい》ですか」

「だって、先生が子どもたちの人格《じんかく》を否定《ひてい》するのは、パワハラやアカハラになるんじゃないですか?」

さまざまなハラスメント——パワーハラスメント、アカデミックハラスメント、そしてセクシャルハラスメントについては、さんざん研修《けんしゅう》を受けてきた。厳《きび》しく言うなら、男子を「くん」、女子を「さん」で呼《よ》ぶことすら、「性的少数者《せいてきしょうすうしゃ》への配慮《はいりょ》が足りない」となるご時世なのだ。

確《たし》かに「弱虫」や「ひきょう者」はキツすぎたかもしれない。反省《はんせい》する。だが、それを人格否定《じんかくひてい》とまで言われると、いくらなんでも大げさな……いや、反論《はんろん》はしないほうがいいだろう……。

二人の言いぶんをすべて受け容《い》れた。全面降伏《ぜんめんこうふく》せざるをえない。

三本目のクレームの電話の主は、ヤストくんの父親だった。

「子どもの話に親が出るのはみっともないとは思うんだけど、ちょっとね、どうしても一言言っておかないと気がすまないんで」

喧嘩腰《けんかごし》だった。まだ若《わか》いテツヤ先生相手に、最初《さいしょ》から居丈高《いたけだか》に出て、ずけずけと続《つづ》ける。

「息子に聞いたら、先生、再来週《さらいしゅう》までのピンチヒッターなんだってね」

「ええ……」

「どうせすぐにいなくなるから、いいかげんなことを子どもに吹《ふ》き込《こ》んだわけ？」

「いや、あの……いいかげんって……」

TEL

「あきらめるなとか、あきらめたら可能性《かのうせい》がゼロになるとか、世の中、そんな単純《たんじゅん》なものじゃないんだよ。自分で決められるんだったら、誰《だれ》も苦労《くろう》しないんだ。それくらいわからないのか」

ヤストくんは、地元のサッカーチームに入っていた。Jリーグのクラブの下部組織《かぶそしき》で、小学生対象《たいしょう》のジュニアから中学生のジュニアユース、さらに高校生のユースと、年齢別《ねんれいべつ》にカテゴリーが分かれている。ただし、上のカテゴリーに進めるのは、将来性《しょうらいせい》を認《みと》められたメンバーだけ――ヤストくんは、先週おこなわれたセレクションで不合《ふごう》格《かく》になった。残念《ざんねん》ながら、ジュニアユースへの昇格《しょうかく》がかなわなかったのだ。

「自分であきらめたわけじゃない。本人はやる気満々《まんまん》なんだよ。でも、チームがダメだって決めたら、従《したが》うしかないだろ？　それがルールなんだから」

「……はい」

「まあ、親の目で見ても、あまり上手《うま》くなかったから、昇格《しょうかく》は正直しんどいと思ってた。ジュニアユースになると練習もキツくなるし、試合《しあい》も増《ふ》えるし、学校の勉強も大《たい》変《へん》になるから、かえって、いい潮時《しおどき》だったんだ。いつまでもだらだらと夢《ゆめ》を見させるより、スパッと切り替《か》えさせてやるのも大事だ。チームとしての親心だよ、それも」

ヤストくん自身、さばさばと現実《げんじつ》を受け容《い》れていた。「中学ではサッカー部もいいけど水泳をやろうかな、バスケも面白そうだし」などと両親にも話していたらしい。

「難《むずか》しいことなんて考えてないんだよ。もっと単純《たんじゅん》で、ケロッとして、ジュニアユースに上がれなかったのは悔《くや》しいし、残念《ざんねん》だけど、しょうがないよね……それだけだったんだよ、先週は」

そこに、テツヤ先生が現《あらわ》れた。

「よけいなことを言われたわけだ。あきらめるなとか、夢《ゆめ》をかなえる可能性《かのうせい》を捨《す》てるなとか……どうせ偉《えら》そうに言ってたんだろうな、そうだろう?」

「いえ……そんなつもりは……」

「まあいいや。とにかく、あんたによけいなことを言われて、息子はショックを受けたんだよ。ああ、もう、オレは夢《ゆめ》をかなえる可能性《かのうせい》がゼロになったんだ、って……やっぱりサッカーが大好《だいす》きなのに、もうジュニアの仲間《なかま》たちと一緒《いっしょ》にプレイすることはできないんだ、って……いままで感じてなかった挫折感《ざせつかん》を味わわされて、落ち込《こ》んで……」

学校から帰ってきても、ずっと元気がなかった。しょんぼりとして、食欲《しょくよく》もない。心配した両親が尋《たず》ねると、ぽつりぽつりと合言葉のことを話しだして、途中《とちゅう》で涙《なみだ》ぐんでしまったのだという。

「ほんとに、よけいなことをしてくれたものだよ。先生の端《はし》くれだったら、自分の一言が子どもの心にどんな傷《きず》を負わせるかぐらいは自覚《じかく》してもらわないと」

「傷《きず》」とまで言われなくてはならないのか――？

「新人だとかピンチヒッターだとか、言い訳《わけ》はやめてくれよな。あんたが半人前だろうとなんだろうと、子どもから見れば、先生は先生なんだ。一言一言が重いんだよ。その重み、あんた、ちゃんとわかってるのか？」

わかっているつもりだった。

だからこそ、子どもたちの胸《むね》にいつまでも残《のこ》るメッセージを与《あた》えたかった。

だが、それは、空回りを超《こ》えて、「傷《きず》」を与《あた》えてしまうようなものだったのか

――？

今度もまた、平謝《ひらあやま》りするしかなかった。

電話口で謝《あやま》る相手は父親でも、ほんとうはヤストくん本人に「ごめんな」を伝《つた》えたかった。ヤストくんだけではない。ヒトミさんにも、コウスケくんにも。

授業中《じゅぎょうちゅう》の三人の顔が浮《う》かぶ。キツかったんだろうな、と認《みと》める。確《たし》かに、よけいなことを言ってしまったのかもしれない。無責任《むせきにん》だっただろうか。配慮《はいりょ》が足りなかっただろうか。でも、オレ、そんなつもりは毛頭《もうとう》なくて、ただみんなに大切なことを伝《つた》

えたかっただけなんだけど……言い訳《わけ》は、やめよう……。

ひたすら謝《あやま》った甲斐《かい》あって、クレームが校長や教育委員会にまで及《およ》ぶ事態《じたい》は避《さ》けられたものの、ぐったりと疲《つか》れきってしまった。電話を終えたあとも、椅子《いす》から立ち上がる気力がわかない。

＊

そこにホソカワ先生が外から戻《もど》ってきた。

この学校では、毎日『さよなら当番』という持ち回りの仕事がある。下校時間に数人の先生が校門脇《わき》に立って、学校をひきあげる子どもたちに「また明日！」「早寝《はやね》早起きで明日も元気でね！」と声をかけるのだ。

発案者《はつあんしゃ》はホソカワ先生だった。たんにお別《わか》れのあいさつをするだけでなく、子どもたちの様子を見て、今日一日が楽しかったかどうかを確認《かくにん》する。中には先生に叱《しか》られたり友だちとケンカしたりした子もいる。前もって担任《たんにん》の先生から「今日はこんなことがあった」と聞かされていれば、特《とく》に気を配って、慰《なぐさ》めや励《はげ》ましのフォローをするし、逆《ぎゃく》に下校時の様子がおかしいと気づくと、担任の先生に報告《ほうこく》しておく。そうやって、子どもたちのちょっとした変化《へんか》も見逃《みのが》さないようにしているのだ。

ホソカワ先生は、テツヤ先生宛《あ》てにクレームの電話が来ていることも知っていた。

「さっき、出がけに伝言《でんごん》メモをちらっと見たんだけど、もう、そっちのほうは――」

「……対応《たいおう》ずみです」

「なんとかなったのか？」

「ええ……まあ、いちおう」

明らかに元気のない受け答えだったが、ホソカワ先生は細かくは訊《き》かずに、「まあ、こういうのも経験《けいけん》だ」と笑《わら》った。

ですね、とテツヤ先生がうなずくと、「それより、いいこと教えてやろうか」と、いたずらっぽい口調と表情《ひょうじょう》で言った。

ユウタくんとマナさんのこと――。

「二人の立てた目標《もくひょう》、オレもちょっと気になったから、訊《き》いてみたんだよ」

最初《さいしょ》にユウタくんが校門に姿《すがた》を見せたので、ちょっとちょっと、と手招《てまね》いた。クラス担任《たんにん》からはずれて二年たっていても、ユウタくんが素直《すなお》に呼《よ》びかけに応《おう》じたというのが、ホソカワ先生の人望《じんぼう》というものだろう。

「びっくりしたよ、そういうことだったのかあーっ、てな」

ユウタくんが風邪《かぜ》をひきたくない理由は、ひいおばあちゃんのためだった。

九十歳《さい》を超《こ》えたひいおばあちゃんは、年末《ねんまつ》から体の具合が悪くて入院している。ひいおばあちゃんに可愛《かわい》がられていたユウタくんは今度の日曜日にお見舞《みま》いに行きたいのだが、病院には「発熱《はつねつ》していたり咳《せき》をしている人は面会禁止《きんし》」というルールがある。

「だから、風邪《かぜ》をひかないことが、あの子の目標《もくひょう》になったんだ。風邪をひかないように、いろんなことに気をつけて、がんばろう、って……立派《りっぱ》な目標だよな、これ」

テツヤ先生は「ええ……そうですね」とうなずいた。

「きみの考えてた目標《もくひょう》とはだいぶ違《ちが》うかもしれないけど、オレは、いい目標だと思う」

「はい……」

確《たし》かに戸惑《とまど》いはある。なーんだ、と拍子抜《ひょうしぬ》けした思いもないわけではない。それでも、謎《なぞ》が解《と》けると、自然《しぜん》と頬《ほお》がゆるむ。そうか、そうだったのか、なるほどなあ、と首を傾《かし》げながら納得《なっとく》する。

ホソカワ先生は、マナさんにも目標《もくひょう》を立てた理由やいきさつを尋《たず》ねていた。

「あの子、ヘア・ドネーションを考えてるんだ」

「ヘア・ドネーションって……がん患者《かんじゃ》の子どもにウィッグを贈《おく》るんでしたっけ？」

「そうそう、それだ」

抗《こう》がん剤《ざい》や放射線《ほうしゃせん》によるがん治療《ちりょう》は広くおこなわれているが、その副作用《ふくさよう》の脱毛《だつもう》で髪《かみ》の毛を失《うしな》ってしまった子も数多い。ヘア・ドネーションは、髪をなくしてしまった子どもたちにウィッグ、つまりカツラを贈《おく》る活動だった。

「あの子、そういえば四年生の頃《ころ》から、ナイチンゲールとかシュバイツァーの伝記《でんき》をよく読んでたんだ。あと、お母さんが長期入院の子どもと家族を支援《しえん》するNPOのメンバーで、その影響《えいきょう》もあるんだと思うけど、五年生になってから、小学校を卒業《そつぎょう》するときにはヘア・ドネーションをしよう、って決めたらしい」

ただし、それには条件《じょうけん》がある。

髪《かみ》の毛の長さが、最低《さいてい》でも三十一センチは必要《ひつよう》なのだ。

「今朝、きみに見せてもらった振《ふ》り返りの紙にも書いてあったよな。三十一センチの話」

「ええ……」

「卒業《そつぎょう》までに、なんとかその長さまで伸《の》ばしたいらしい」

卒業式《そつぎょうしき》には、友だちにもなじみのある三つ編《あ》みで出席《しゅっせき》する。春休みのうちにヘア・ドネーションの窓口《まどぐち》になっている美容院《びよういん》で髪《かみ》を切って、四月からの中学校生活は、心《しん》機《き》一転《いってん》、ショートヘアで始めたい。だから、いま、髪の長さが気になってしかたないのだという。

「確《たし》かに、これも、まっとうな目標《もくひょう》だよな。きみだって否定《ひてい》できないだろう?」

「ええ……もちろん」

否定《ひてい》など、とんでもない。むしろ褒《ほ》めたたえたいほどだ。

そして、マナさんに対してもユウタくんに対しても、努力《どりょく》しなくてもできる目標《もくひょう》なんて……と思ってしまった自分が、いまさらながら、恥《は》ずかしくてたまらない。

黙《だま》り込《こ》んでしまったテツヤ先生に、ホソカワ先生は言った。

「子どもってのは、なんでも斜《なな》め上だよ。とんでもない受け止め方をしたり、ありえないような発想で答えたりする。予想できないし、無理《むり》に予想しても、絶対《ぜったい》に裏切《うらぎ》られる」

テツヤ先生は無言《むごん》のまま、うなずいた。

「子どもと付《つ》き合うっていうのは、そういうことだ」

さらにまた、うなずく。

ホソカワ先生はそれ以上《いじょう》はもうなにも言わず、手早く事務仕事《じむしごと》を片《かた》づけると、「じゃあお先に」とひきあげた。最後《さいご》に、テツヤ先生の肩《かた》を、ぽん、と叩《たた》く。テツヤ先生は、黙《だま》って、ただうなずくしかできなかった。

＊

マナさんは卒業式《そつぎょうしき》の翌日《よくじつ》、髪《かみ》をばっさり切った。マナさんの髪でつくったウィッグを使った子は、きっと、大変《たいへん》な闘病《とうびょう》生活に少しでも彩《いろど》りを得《え》ることができただろう。

ユウタくんは、ひいおばあちゃんが五月に亡《な》くなるまで、何度も何度もお見舞《みま》いに出かけた。風邪《かぜ》をひいて面会が中止になることは一度もなかった。そのおかげで、眠《ねむ》るように穏《おだ》やかに逝《い》ったひいおばあちゃんとのお別《わか》れを、すっきりした思いで迎《むか》えられた。

ヒトミさんとコウスケくんは、一時は志望校《しぼうこう》を元に戻《もど》すかどうか迷《まよ》ったものの、結局《けっきょく》、両親のアドバイスどおりに安全圏《あんぜんけん》の学校を受験《じゅけん》して、みごとに合格《ごうかく》した。「もしも初志貫徹《しょしかんてつ》で、あきらめずに第一志望の学校を受験していたら、どうだっただろう」と考えることは、入学してしばらくの頃《ころ》までは、ときどきあった。わずかな後悔《こうかい》も、ないわけではなかった。それでも、入学した学校で友だちができて、勉強や部活が忙《いそが》しくなると、もう、そんな「もしも」は、ごく自然《しぜん》に頭の中から消え去ってしまった。

ヤストくんは中学校で陸上部《りくじょうぶ》に入った。最初《さいしょ》はサッカーで鍛《きた》えた脚力《きゃくりょく》を活かせる短《たん》距離走《きょりそう》に取り組んでいたが、顧問《こもん》の先生が跳躍《ちょうやく》の才能《さいのう》を見抜《みぬ》いて、走り幅跳《はばと》びに転向させた。すると、めきめきと頭角を現《あらわ》して、三年生の秋の大会では県の三位《い》にまで入った。

さらに歳月《さいげつ》が流れ、みんな、おとなになった。それぞれの人生を、それぞれのペースで一所懸命《いっしょけんめい》に生きている。

小学校の卒業《そつぎょう》間際《まぎわ》の二週間だけピンチヒッターで担任《たんにん》をした若《わか》い先生のことは、五人とも覚《おぼ》えている。けれど、名前は忘《わす》れた。顔もぼんやりとしか浮《う》かばない。その先生の一言で落ち込《こ》んだり迷《まよ》ったり、目標《もくひょう》を紙に書いて提出《ていしゅつ》したりしたことは、もう誰《だれ》も、言われなければ思いだせない。

＊

「……卒業《そつぎょう》から三十年後の同窓会《どうそうかい》で、みんなほとんど覚《おぼ》えていないと知ったときには、さすがにガクッとなったんだ」

テツヤ校長が苦笑《くしょう》交《ま》じりに言うと、廊下《ろうか》を並《なら》んで歩くオオタ先生は「えーっ、そうなんですか。ひどいなあ」と、まともに受けて顔をしかめた。

やれやれ、とテツヤ校長は別《べつ》のニュアンスの苦笑《にがわら》いを浮《う》かべる。まじめな新人だ。

特《とく》に今日は緊張《きんちょう》もして、軽く受け流す余裕《よゆう》などないのだろう。

「まあ、でも、そういうものなんだよ。小学生と付《つ》き合うっていうのは」

「はあ……」

「同じことをオレも先輩《せんぱい》に言われたんだ」

先輩《せんぱい》――ホソカワ先生は、定年を迎《むか》えるまで現場《げんば》のヒラ教師《きょうし》をまっとうした。十数年前に亡《な》くなったときには、引退《いんたい》してもうだいぶたっているというのに、昔の教え子がたくさん参列《さんれつ》した。その人数以上《いじょう》に、誰《だれ》の目も真っ赤に潤《うる》んでいたことに驚《おどろ》き、感動して、尊敬《そんけい》の念《ねん》を新たにする一方で、自分が死んだらどうだろう、と苦い思いを嚙《か》みしめたものだった。

いまのテツヤ校長は、出会った頃《ころ》のホソカワ先生よりも年上になった。現場《げんば》ひと筋《すじ》のヒラ教師《きょうし》をまっとうするわけにはいかなかったものの、理想とする教師の姿《すがた》は、やはり、ホソカワ先生だった。

だからこそ――。

「子どもの発想や受け止め方は、オレたちの考えることの斜《なな》め上をいくからな」

ホソカワ先生に言われたことを、何十年ぶりに繰《く》り返す。

「たくさん困《こま》ればいい」

笑《わら》って、これもまた、繰《く》り返す。

オオタ先生は「はい……」とうなずいた。どこまで本気でわかっているかは怪《あや》しかったが、最初《さいしょ》はそういうものだろう。ここからなのだ、すべては。

オオタ先生は、今日から六年生のクラスを担任《たんにん》する。もともとのクラス担任が急病で入院したので、別《べつ》の学年の副《ふく》担任としてクラス運営《うんえい》を勉強していた彼《かれ》を、ピンチヒッターとして抜擢《ばってき》したのだ――かつての自分のように。

職員会議《しょくいんかいぎ》では「だいじょうぶですか?」という意見も出た。それを「なにかあったら私《わたし》が校長として責任《せきにん》をとりますから」と押《お》し切ったのは、四十年近く前の自分自身とオオタ先生とを重ね合わせたからだった。

「まあ、なんでも経験《けいけん》だから、しっかりがんばって」

六年一組の教室の前で、言った。校長として付《つ》き添《そ》うのはここまで。教室に入ったら、オオタ先生が一人で仕切らなくてはならない。

心細そうな顔になったオオタ先生に、だいじょうぶ、だいじょうぶ、と笑《わら》ってうなずき、さあ入って、と手振《てぶ》りで示《しめ》した。

オオタ先生もこわばった顔でうなずき、意を決して、ドアを開けた。

ざわついていた教室が静《しず》かになる。

「皆《みな》さん、おはようございます」

オオタ先生の声が廊下《ろうか》にも響《ひび》く。

がんばれよ、とテツヤ校長は無言《むごん》でエールを贈《おく》って、歩きだした。

初出一覧

いいヤツ——朝日出版社ウェブマガジン「あさひてらす」(2020年5月)
おばあちゃんのメモ——朝日出版社ウェブマガジン「あさひてらす」(2020年7月)
ふるさとツアー——朝日出版社ウェブマガジン「あさひてらす」(2020年8月)
ぼくらのマスクの夏——朝日出版社ウェブマガジン「あさひてらす」(2020年9月)
しあわせ*——『こども哲学　しあわせって、なに?』(2019年)
いちばんきれいな空*——『こども哲学　美と芸術って、なに?』(2019年)
ケンタの背中*——『こども哲学　暴力って、なに?』(2019年)
おねえさんが教えてくれた**——朝日出版社ウェブマガジン「あさひてらす」(2020年12月)
タケオの遠回り——朝日出版社ウェブマガジン「あさひてらす」(2021年2月)
あきらめ、禁止。***——朝日出版社ウェブマガジン「あさひてらす」(2021年6月)

* はいずれも初出「おまけの話」を改題しました。
** は「おっきくなるということ」を改題しました。
*** は「テツヤ先生の合言葉」を改題しました。
いずれも小社刊。

重松清 Shigematsu Kiyoshi

1963年、岡山県生まれ。早稲田大学教育学部卒。出版社勤務を経て執筆活動に入る。ライターとして幅広いジャンルで活躍し、1991年に『ビフォア・ラン』で作家デビュー。1999年『ナイフ』で坪田譲治文学賞、『エイジ』で山本周五郎賞、2001年『ビタミンF』で直木賞、2010年『十字架』で吉川英治文学賞、2014年『ゼツメツ少年』で毎日出版文化賞を受賞。著書に『流星ワゴン』『疾走』『みんなのなやみ』『その日のまえに』『きみの友だち』『青い鳥』『とんび』『希望の地図』『また次の春へ』『赤ヘル1975』『木曜日の子ども』『ひこばえ』『かぞえきれない星の、その次の星』など多数。

ミロコマチコ mirocomachiko

1981年大阪府生まれ。いきものの姿を伸びやかに描き、国内外で個展を開催。2013年、絵本『オオカミがとぶひ』で第18回日本絵本賞大賞、2014年『てつぞうはね』で講談社出版文化賞、『ぼくのふとんは うみでできている』で小学館児童出版文化賞、2015年ブラティスラヴァ世界絵本原画ビエンナーレ（BIB）で『オレときいろ』が金のりんご賞、2017年『けもののにおいがしてきたぞ』で金牌、2018年に第41回巌谷小波文芸賞受賞。著書に『ホロホロチョウのよる』『オレときいろ』『ねこまみれ帳』『ドクルジン』などがある。CDジャケット、ポスターなどの装画も手がける。

答えは風のなか

二〇二一年一二月一〇日　初版第一刷発行
二〇二三年一〇月一〇日　初版第三刷発行

著者／重松 清
絵／ミロコマチコ
造本・装丁／有山達也＋中本ちはる（アリヤマデザインストア）
プリンティングディレクター／山宮伸之（図書印刷株式会社）
DTP制作／越海辰夫
編集担当／鈴木久仁子（朝日出版社第二編集部）

発行者／原 雅久
発行所／株式会社朝日出版社
〒一〇一－〇〇六五 東京都千代田区西神田三－三－五
TEL 〇三－三二六三－三三二一
FAX 〇三－五二二六－九五九九
http://www.asahipress.com

印刷・製本／図書印刷株式会社

ISBN978-4-255-01265-0 C0095